# LES ROUTES INCERTAINES

Les Chroniques du Nouvel-Ontario, tome III

Hélène Brodeur

# LES ROUTES INCERTAINES

Les Chroniques du Nouvel-Ontario, tome III

Prise de Parole

1986

Du même auteur, disponible chez le même éditeur:

Les Chroniques du Nouvel-Ontario
Tome I, La quête d'Alexandre, ISBN 0-920814-72-7, 14,95$
Tome II, Entre l'aube et le jour, ISBN 0-920814-76-X, 14,95$

La maison Prise de Parole se veut animatrice des arts littéraires chez les
francophones de l'Ontario; elle se met donc au service de tous les
créateurs littéraires franco-ontariens.

La maison d'édition bénéficie de subventions du Conseil des Arts de
l'Ontario et du Conseil des Arts du Canada.

Photo de l'auteur: John Evans.

$15.00

Copyright © Ottawa, 1986
Éditions Prise de Parole,
C.P. 550, Succursale B, Sudbury (Ontario)   P3E 4R2

ISBN 0-920814-74-3

#13424

*À mes enfants :*
*Pierre, Giselle, Léo*
*Jean et Sylvie*

Où suis-je donc?
Le chemin a disparu
sous les herbes folles!

*Jocelyne Villeneuve*

# I

Les éléments s'étaient déchaînés sur la ville de Montréal la veille de l'arrivée du neveu de Madame Émilia de Brettigny. Presque trois pouces de pluie étaient tombés durant la nuit et les journaux de ce matin du 19 août 1938 parlaient de cité lacustre et qualifiaient la métropole de «Venise de l'Amérique du Nord.»

Tandis qu'elle guidait la Lasalle seize cylindres vers la gare Windsor pour y accueillir Jean-Pierre, Émilia ne voyait aucun présage inquiétant dans cet orage vraiment extraordinaire, source des torrents qui dévalaient les caniveaux de la rue Stanley jusqu'à ce qu'ils se butent à l'obstacle de la gare Windsor, puis cascadaient gaiement par la rue Peel pour se perdre dans le lac que constituait la rue Saint-Jacques.

Enfin, elle touchait au but. Sa vie solitaire se meublerait d'un fils-neveu qui deviendrait médecin, à l'instar du premier ancêtre venu de France avec le régiment de Carignan-Salières en 1665, son homonyme Pierre de Brettigny. Il ferait son orgueil et la vengerait des insultes qu'elle avait essuyées alors qu'elle grimpait péniblement l'échelle du succès jusqu'à devenir l'unique propriétaire de la boutique *Marie-Émilie*, l'une des plus chic de la rue Sherbrooke.

Elle rangea la voiture le long du trottoir et se rendit à la gare tout en évitant soigneusement les grandes flaques d'eau qui auraient pu souiller ses escarpins de suède noir. Vêtue d'un tailleur à jupe noire et jaquette blanche lisérée géométriquement de noir comme le voulait l'influence cosaque si en vogue alors, un petit chapeau noir à voilette sur ses cheveux à reflets cuivrés, elle faisait se retourner les passants. À quarante ans passés, elle affichait toujours cette beauté patricienne que donne la finesse des traits et l'harmonieuse proportion du corps.

Une fois dans la bruyante salle d'attente, elle s'aperçut que déjà le troupeau indiscipliné des voyageurs franchissait la grille. Lorsqu'elle vit s'avancer son neveu, valise à la main, la cherchant des yeux, puis, l'ayant trouvée, la saluant d'un large sourire, elle se dit qu'il était beau et racé, et elle se félicita de nouveau de son choix.

Le prenant par les épaules elle l'embrassa maternellement sur les deux joues.

—Bonjour, Jean-Pierre. Je n'ai pas à te demander si tu as fait un bon voyage. Tu me parais en pleine forme.

—Ça va très bien, ma tante, merci. J'ai trouvé cela très intéressant, le voyage et tout.

—Que c'est beau, la jeunesse, soupira sa tante. On peut passer une nuit blanche assis sur une banquette et trouver ça intéressant. Bon, allons. J'imagine que tu as tout de même hâte de t'installer et surtout de t'attabler devant un bon petit déjeuner, hein, mon grand?

—Ça ne serait pas de refus, Tante Émilia. Il y a loin de Val-d'Argent à Montréal.

Jean-Pierre ne croyait pas si bien dire. Il allait vite s'apercevoir de la distance—tant géographique que sociale—qui séparait Val-d'Argent de Montréal.

Émilia ne se fit pas faute de le lui faire comprendre alors qu'elle dirigeait la voiture dans les rues inondées de la métropole. Tandis qu'il admirait le gratte-ciel de la Sun Life et les magasins de la rue Sainte-Catherine, elle l'entretenait de garde-robe à acheter, de bonnes manières à apprendre, de talents mondains à acquérir.

—Pour cette première année, j'ai pensé qu'il ne fallait pas trop te surcharger pour te permettre de bien démarrer dans tes études. Les seuls cours que je te demanderai de prendre en dehors de tes classes régulières ce sera des cours de danse. Tantôt, sur la rue Guy, nous sommes passés devant le studio de Madame Roy, une excellente personne dont le mari s'est suicidé lorsqu'il s'est vu acculé à la ruine. Tu iras prendre des leçons de danse avec elle une fois la semaine. Comme elle appartenait à la meilleure société, elle pourra aussi t'enseigner les bonnes manières.

La voiture continuait de grimper les flancs du Mont-Royal, puis s'engagea dans une rue paisible bordée de maisons cossues.

—Nous voici arrivés, dit Tante Émilia en amorçant le virage devant une maison de pierres grises.

Jean-Pierre, ébahi, regardait cette demeure imposante munie d'un grand portique et entourée de jardins soignés.

Émilia sourit de son étonnement. «Ça te plaît, mon grand?»

—Oh oui, ma tante.

Tandis qu'ils montaient les marches conduisant à la porte d'entrée, elle posa une main ferme sur son épaule.

—C'est une nouvelle vie qui va commencer pour toi, Jean-Pierre. Tu sais que je mise tout sur toi. J'espère que tu sauras t'en montrer digne.

Une rapide visite de la maison acheva d'éblouir le jeune homme. Au rez-de-chaussée se trouvaient le grand salon, un petit boudoir, la salle à manger, la cuisine et un escalier étroit et tortueux à l'usage des domestiques afin qu'ils n'utilisent pas l'escalier d'apparat qui faisait face au hall d'entrée.

Au premier se trouvaient trois chambres, dont deux avec salle de bain et petit salon en enfilade: la première, qui donnait sur le jardin, était la chambre d'Émilia; la seconde serait pour Jean-Pierre, et la troisième servait de chambre d'invité.

Sa tante lui présenta les domestiques: Valentine, la bonne, qu'elle avait choisie laide à dessein (il l'apprendrait plus tard) afin de lui éviter les tentations; Madame Boullé, la cuisinière, et son mari, Mathias, homme à tout faire et jardinier. Ces personnes logeaient au second, sous les combles, étage qu'elle ne lui fit évidemment pas visiter.

Émilia entreprit sans tarder, et avec l'énergie qui la caractérisait, le dégrossissement de son neveu. Aux repas elle lui expliquait patiemment qu'ils mangeaient dans de la fine porcelaine anglaise, que les verres étaient de cristal et les couverts d'argent et non de plaqué. Cette leçon de choses s'acheva par une visite chez Birks afin de lui enseigner la différence entre ce qui est beau et vrai, et la pacotille. Puis vinrent les expéditions dans les grands magasins pour lui procurer une garde-robe convenable, les visites aux musées et aux galeries d'art. Émilia avait appris à apprécier le beau avec Arnold Stein qu'elle appelait son premier mari, aussi son nom revenait-il souvent dans les explications qu'elle donnait à Jean-Pierre.

* * *

Ce fut avec un certain soulagement que le jeune homme vit arriver le début des classes.

Il se plongea dans ses études avec l'ardeur du néophyte. Timide avec ses condisciples, il se lia peu. Il réussissait bien. Comme elle le lui avait fait promettre, il était parmi les premiers de classe.

Fin avril, alors que Jean-Pierre venait de terminer ses examens, son père décéda subitement d'une crise cardiaque.

Tante Émilia et lui se rendirent aussitôt à Val-d'Argent. Là, ils trouvèrent la famille Marchessault venue réconforter leur cousine. Germain, avec son efficacité habituelle, s'était occupé de tous les détails pénibles. Malgré son chagrin, Jean-Pierre fut heureux de revoir Rose-Delima qui venait d'achever sa première année à l'Université d'Ottawa, c'est-à-dire dans l'un des collèges féminins affiliés puisque les femmes n'étaient pas admises à l'université. Il rencontra également ses deux frères aînés qui habitaient depuis longtemps aux États-Unis et qu'il connaissait à peine, et revit ses deux soeurs religieuses venues de leur couvent.

Après les funérailles, Tante Émilia appela un conseil de famille et convainquit sa belle-soeur, ainsi que ses neveux et nièces, que le mieux était de vendre le magasin général au gérant qu'elle avait embauché l'été précédent, quitte à lui consentir un mode de paiement facile. La mère de Jean-Pierre retournerait au Québec, dans sa paroisse natale de Saint-Mathieu qu'elle avait quittée avec un tel déchirement une douzaine d'années auparavant. Émilia se faisait fort de lui trouver là une maisonnette avec un grand jardin. Jean-Pierre irait y passer ses vacances d'été et ne reviendrait à Montréal qu'en septembre pour y poursuivre ses études. Durant l'hiver, sa mère ne se sentirait pas seule puisqu'elle était apparentée avec la moitié des habitants de Saint-Mathieu.

Lorsque Tante Émilia prenait une décision, les choses marchaient rondement. Aussi ne s'attardèrent-ils pas à Val-d'Argent. Jean-Pierre aurait voulu avoir plus de temps à consacrer à ses amis d'enfance. Il regretta surtout l'absence de Donald Stewart, son meilleur ami et compagnon de toujours qui habitait maintenant Toronto avec ses parents. Il eut deux brèves conversations avec Margot Henri, la jeune fille qui avait tant rêvé de l'épouser; avec la résignation des pauvres, elle avait vite compris que désormais son amour de jeunesse était perdu pour elle. Il fut surpris d'apprendre que son cousin Paul Marchessault travaillait maintenant avec Germain, son frère aîné, le nouveau propriétaire de l'hôtel Prince-Arthur de Timmins. Même, il était question qu'ils achètent un second hôtel à Kirkland Lake. Paul en prendrait charge bien qu'il eût à peine vingt ans. Rose-Delima, pour sa part, retournerait à Ottawa en septembre pour y poursuivre ses études, comme lui-même d'ailleurs réintégrerait la Faculté de médecine de l'Université McGill.

Quelques jours plus tard, il accompagna sa mère et sa tante à Saint-Mathieu où, comme l'avait prédit Tante Émilia, ils trouvèrent sans difficulté une maison entourée d'un terrain propice au jardinage.

Jean-Pierre redoutait de devoir passer l'été dans ce petit village agricole qu'il avait quitté très jeune et où il ne connaissait plus personne. Ses craintes, toutefois, se révélèrent être sans fondement et ses vacances beaucoup plus divertissantes qu'il ne l'avait espéré.

Il fit la connaissance de nombreux cousins et cousines. Il y eut des pique-niques en montagne où, après avoir grimpé les pentes abruptes pour atteindre le sommet, on découvrait la chaîne des Appalaches qui montait du Vermont et du New Hampshire, enjambait la frontière et allait encercler le lac Memphremagog. Le soir, on écoutait les ballades sentimentales de Tino Rossi et on dansait sur des airs de big bands américains.

Il y avait bien les journaux qui apportaient chaque jour des rumeurs de guerre et de désordres du monde extérieur, mais on n'y prêtait qu'une attention distraite. La même chose s'était produite l'année précédente mais Chamberlain avait tout arrangé. Au début d'août, les troubles se répandirent au pays même. Il y eut, à Halifax et à Kingston, des manifestations antisémitiques et des émeutes que l'on disait fomentées par le parti fasciste. À Sainte-Agathe, le curé entreprit une vigoureuse croisade pour débarrasser ce village laurentien des Juifs qui venaient y passer leurs vacances. Désormais, décréta-t-il, aucun Juif ne pourrait acquérir ou louer des propriétés, ou séjourner dans les hôtels, et on verrait à faire déguerpir ceux qui s'y trouvaient déjà. Les autorités municipales s'inclinèrent aussitôt et les propriétaires d'établissements estivaux emboîtèrent le pas.

Il n'y avait pas de Juifs à Saint-Mathieu, mais il y avait la blonde Jeanne avec ses yeux qui tournaient au bleu-vert, et ses joues fraîches où le rire creusait des fossettes.

—Pourquoi celle-là plutôt qu'une autre? se demandait parfois Jean-Pierre en butte aux difficultés que lui causaient le cousin Thomas, le cerbère de père, qui voyait d'un très mauvais oeil ce parent trop riche venu de Montréal pour mettre des idées néfastes dans la tête des jeunes de son âge.

Tante Émilia, en récompense de ses succès, lui avait offert une Chevrolet bleue avec tramsmission au volant, mais il n'était pas question que Jeanne puisse y monter sans que sa soeur aînée ou une autre duègne respectable l'accompagne. Aussi dut-il se contenter des moments qu'il passait près d'elle lors de réunions chez des parents, et de baisers dérobés à la sauvette lorsqu'ils pouvaient s'isoler brièvement dans un coin.

Le 25 août 1939, les lumières s'éteignirent à Londres et à Paris. Désormais la capitale anglaise et la Ville-Lumière seraient plongées dans l'obscurité jusqu'à la fin de la guerre. Cet événement passa presque inaperçu pour Jean-Pierre car il coïncidait avec l'anniversaire de naissance de Jeanne. Voulant lui faire un cadeau qui l'entretiendrait dans ses bonnes dispositions jusqu'aux prochaines vacances, il se rendit à Sherbrooke pour lui acheter le dernier disque de Tino Rossi qu'il trouvait particulièrement approprié à la circonstance. Par prudence, il attendit une absence du père avant de se présenter chez elle. La mère de Jeanne, plus amène, le fit passer au salon. Comme il avait hâte de lui faire entendre cette nouvelle chanson, il s'empressa de remonter le ressort du tourne-disque et de faire démarrer la machine. La voix caressante de Tino Rossi s'éleva, faisant rougir la blonde cousine:

Tu n'as que quinze ans et déjà
Tu affoles tous les hommes...

Malheureusement, comme dans une farce de théâtre, le cousin Thomas revint inopinément et entra juste au moment où Tino énumérait les charmes de Catarinetta:

...ni les rondeurs de ta poitrine
Qui les rend fous...

Furieux, le père saisit le disque et d'un geste sec le cassa sur son genou.

—Si tu penses que je vais endurer que des petits morveux de la ville apportent leurs cochonneries pour corrompre ma fille, tu te trompes, mon garçon. J'm'en vas écrire à Émilia pour lui dire ma façon de penser, tu peux être sûr.

Cette menace tomba sur Jean-Pierre comme une douche d'eau froide. Que dirait sa tante? Lorsqu'elle avait accepté de payer son cours de médecine, elle avait été tellement catégorique en lui faisant promettre qu'aucune amourette ne viendrait déranger ses études.

Puis les événements se précipitèrent en Europe. Les troupes nazies coupèrent les ponts sur le Rhin et Mussolini mobilisa un demi-million de jeunes gens.

—S'il y a une guerre, déclarait le vieux Damase au magasin général de Saint-Mathieu, a va être ben courte.

Avec toutes les machines qu'y ont maintenant, j'leu donne trois mois, pas plus, pis tout va être fini.

Il y eut une accalmie avant la tempête. Le 28 août, Mussolini en personne assura le premier ministre Mackenzie King qu'il ne négligeait rien pour assurer la paix. Le lendemain Hitler déclarait n'avoir pas trouvé complètement négative la note qu'il avait reçue de la Grande-Bretagne. À l'exposition de Toronto, cinquante avions de l'Armée de l'air survolèrent le terrain en formation. Les gens s'en trouvèrent rassurés. Avec une puissance pareille, Hitler y regarderait à deux fois avant de faire des siennes.

Le dimanche où Jean-Pierre rentra à Montréal, la Pologne avait été envahie et le roi d'Angleterre décréta l'état de guerre. Le jeune homme se dit que, s'il avait de la chance, ces graves événements distrairaient l'attention de Tante Émilia des plaintes possibles du cousin Thomas. De fait, sa tante se contenta de lui demander des nouvelles de sa mère et des gens de Saint-Mathieu sans plus. Soulagé, Jean-Pierre se dit que le cousin Thomas n'avait sans doute pas mis sa menace à exécution. Ce ne fut que le matin de l'ouverture des classes, alors qu'ils achevaient leur petit déjeuner, que sa tante lui dit:

—Je compte bien que cette année sera aussi bonne sinon meilleure que celle de l'an dernier, mon grand. Et c'est d'autant plus important avec les graves événéments qui se déroulent en Europe. S'il y a mobilisation, il est sûr que les meilleurs élèves seront exemptés pour qu'ils puissent finir leurs études.

—Vous pouvez être sûre que je ferai de mon mieux, ma tante.

Émilia le regarda un moment pensivement. «Mon Dieu, il se pourrait que tu aies un point de ressemblance de plus avec ton illustre ancêtre: tu pourrais devenir médecin militaire. Au fait, continua-t-elle, te souviens-tu des conditions que tu as acceptées lorsque je suis allée te chercher à Val-d'Argent?»

—Mais oui, ma tante.

16

—Sache que je peux fermer les yeux sur des amourettes de vacances mais pas sur une relation qui nuirait à tes études. Tiens-toi le pour dit.

Sans lui laisser le temps de répondre, elle se leva et quitta la pièce, laissant le jeune homme interdit.

# II

En septembre 1940, Jean-Pierre entreprit sa troisième année de médecine. Le *National Resources Mobilization Act* fut voté le mois suivant, appelant en service actif, mais pour trente jours seulement, tous les hommes de 21 à 45 ans.

Plusieurs de ses confrères s'étaient déjà enrôlés dans l'armée active. Pour sa part, il espérait pouvoir finir son cours de médecine avant d'être appelé sous les drapeaux.

Ce mercredi de fin novembre, tout pareil aux jours qui l'avaient précédés, s'annonça sombre et froid. Au cours de l'après-midi, cependant, une pluie verglaçante se mit à tomber, promettant une rentrée assez pénible à l'heure de pointe. Aussi Jean-Pierre crut-il bon de ne pas s'attarder. Il avait une période libre en fin de journée et il se dit qu'il valait mieux rentrer tout de suite plutôt que d'aller travailler à la bibliothèque comme il l'aurait fait normalement.

Lorsqu'il arriva dans le parc de stationnement, il trouva sa voiture entièrement recouverte d'une mince pellicule de glace. Avec un grattoir il débarrassa le pare-brise et les glaces de leur revêtement opaque, puis il fit démarrer le moteur. Lorsqu'il se mit en marche arrière, la voiture recula de quelques pouces, puis le sifflement familier causé par la friction des pneus tournant à vide sur le pavé glacé lui apprit qu'il n'y parviendrait pas. Avec un soupir il se mit à balancer la voiture, embrayant d'avant et d'arrière. Soudain, l'un des pneus rencontra du solide. La Chevrolet sortit comme un bolide et percuta de plein fouet une voiture qui passait à l'arrière.

Tout penaud, Jean-Pierre descendit pour constater les dommages, tandis que le conducteur de l'autre véhicule, un jeune homme de taille moyenne, au teint basané, en faisait autant. Son compagnon tenta d'ouvrir la portière mais il dut y renoncer car elle était coïncée.

—Eh bien, je crois que j'ai tous les torts, dit Jean-Pierre en haussant les épaules.

L'autre se mit à rire. «Écoute, à titre de finissant en droit, le premier conseil que j'ai à te donner c'est de ne jamais admettre ta culpabilité avant même l'enquête préliminaire.»

Jean-Pierre, soulagé de le voir aussi détendu, sourit.

—Eh bien moi, je suis en médecine, et à titre de futur médecin je voudrais savoir si quelqu'un est blessé.«

—Mais non, je n'ai rien. Toi non plus, René? demanda-t-il à son compagnon qui était parvenu à les rejoindre.

Celui-ci assura qu'il n'avait rien.

—Bon, alors voyons un peu les dommages. Mais avant, il vaudrait tout de même mieux nous présenter. Je m'appelle Nadim Karam, et voici mon cousin, René Mattar.

—Et moi, Jean-Pierre Debrettigny.

Malgré ses deux portières enfoncées, l'examen révéla que la voiture de Nadim était encore en état de fonctionner. Tel n'était pas le cas de la Chevrolet. Le pare-choc arrière, replié sur les roues, en gênait la conduite. Il n'y avait plus qu'à la pousser hors du chemin pour qu'elle ne nuise pas à la circulation.

—Tu n'auras qu'à la faire remorquer, observa Nadim. Comme mon auto marche, veux-tu qu'on te dépose chez-toi? Où est-ce que tu restes?

—Sur la rue Mira.

—Monte. Nous sommes presque voisins puisque j'habite sur Victoria.

En route Nadim proposa qu'ils s'arrêtent tous les trois boire un verre.

—Avec ce temps maussade et après nos émotions... Qu'en dis-tu, Jean-Pierre?

—Ça me ferait plaisir.

Ils entrèrent dans une taverne de la rue Sainte-Catherine. Pendant qu'ils buvaient leur *draft*, et durant les jours qui suivirent puisque Nadim s'offrit spontanément à le déposer à l'Université jusqu'à ce que sa voiture soit réparée, Jean-Pierre apprit son histoire.

Le grand-père de Nadim avait émigré du Liban au début du siècle. Il avait débuté comme marchand ambulant. Grâce à son travail et à celui de son fils, la famille se trouvait maintenant propriétaire de l'un des magasins à rayons les plus importants de Montréal, le Merlin's. Les deux frères de Nadim travaillaient déjà dans l'entreprise familiale, l'un comptable agréé et l'autre diplômé en commerce. La famille avait décidé que Nadim serait avocat.

L'année précédente, il avait épousé la fille cadette d'un ami de son père, un autre exemple de réussite puisque son beau-père s'était amassé une fortune considérable avec une chaîne de restaurants à New-York et dans plusieurs états américains.

Jean-Pierre fut étonné d'apprendre que Nadim était déjà marié. Puis, se sentant en confiance, il lui raconta également son histoire. Qu'il vînt d'un pays du nord si lointain étonna Nadim à son tour.

—Qu'est-ce que vous faites pour vous amuser dans ce pays perdu?

—Pour les activités en pleine nature, c'est imbattable. La chasse, la pêche, des lacs et des rivières partout, le ski, la raquette, le patin...

—Pas de tennis, pas de golf?

Jean-Pierre s'esclaffa. «À Val-d'Argent? Il n'y avait que le restaurant de la grosse Émérentienne avec sa table de billard.»

—Ah, tu joues au billard?

—Oui.

—Et tu es bon?

—Tu serais surpris.

Nadim parut très intéressé.

—Penses-tu que tu pourrais battre René?

—Je peux essayer.

—Alors, il faut absolument que tu viennes chez moi. Nous avons une salle de billard et quand je joue avec René, je perds toujours. Il est grand temps de lui donner une leçon à celui-là. Es-tu libre mardi soir prochain?

Jean-Pierre se trouva embarrassé. Pour rien au monde il n'aurait avoué que ce soir-là il se rendait chez Madame Roy, la veuve d'un financier ruiné, et que celle-ci lui enseignait les belles manières ainsi que la danse, s'appliquant à lui faire découvrir qu'il existait autre chose que les «slow collés» et le jitterbug qui se dansaient à Val-d'Argent.

—Je regrette mais le mardi je ne suis pas libre.

—Alors viens jeudi.

\* \* \*

Lorsque Jean-Pierre se présenta chez les Karam, il fut étonné du luxe de cette énorme maison sise au 700 de la rue Victoria. Des tapis orientaux couvraient le parquet de l'immense salon. Le mobilier lui parut de style français, avec quelques pièces arabes vraiment splendides.

Nadim le présenta à son père, un homme à cheveux blancs, au regard sombre et perçant, à sa mère, corpulente et majestueuse, et à son épouse, Diana, jeune femme au doux visage et au sourire timide.

Tout en se rendant à la salle de billard Nadim expliqua que son épouse avait été une amie d'enfance.

—Nous avions des chalets voisins à Saint-Marc, dans les Laurentides. Quand j'ai eu vingt et un ans, la famille a décidé qu'il était temps que nous nous épousions.

Jean-Pierre remarqua que le mot famille revenait souvent dans la conversation de son ami et il s'étonna de constater qu'il se pliait si docilement aux décisions des siens.

René les attendait dans la salle de billard. La partie commença. Il y avait longtemps que Jean-Pierre n'avait pas joué aussi perdit-il la première partie, mais, au grand plaisir de Nadim, il gagna la seconde.

—Hein, mon René, t'as trouvé chaussure à ton pied, applaudit Nadim. Il faudra se reprendre jeudi prochain, les gars. Qu'est-ce que vous en dites?

Il fut convenu que l'on se rencontrerait de nouveau le jeudi suivant. Nadim adorait jouer au billard même s'il était un joueur plutôt maladroit. Jean-Pierre offrit à René de le ramener chez lui et chemin faisant ce dernier lui expliqua que son nom véritable était Ryad, mais qu'il avait opté pour René car, disait-il, il était nord-américain et il ne voulait rien savoir du Moyen-Orient.

—On m'a envoyé à Beyrouth lorsque j'ai eu mes vingt et un ans. Mes parents souhaitaient que je ramène une épouse, mais il n'y avait pas de danger que je tombe dans ce piège-là. T'as pas idée comme ils peuvent être vieux jeu, là-bas.

—Qu'est-ce que tu veux dire?

—Croirais-tu qu'un de mes cousins de Beyrouth m'a dit un jour, et ça très sérieusement, que jamais il ne pourrait épouser une femme qui aurait été au cinéma avec un autre homme? Ils sont des siècles en arrière là-bas.

—Est-ce que c'est ta famille qui t'a dit de t'inscrire en commerce?

—Non, c'est moi qui ai choisi. Quand j'aurai fini mon cours je pense que j'irai m'établir aux États-Unis, à New York probablement. Et quand je me marierai, ce ne sera pas avec une femme que ma famille m'aura imposée.

Jean-Pierre devint un habitué des parties de billard du jeudi chez les Karam. Tante Émilia, qui le voyait pour la première fois se lier avec des amis, voulut tout connaître de cette famille.

—Comment, dit-elle, ce sont des Syriens? Tu ne peux pas te faire des amis chez les futurs médecins, ou fils de médecins, enfin des gens qui pourraient t'être utiles plus tard?

Cependant, comme ils étaient riches, propriétaires du Merlin's, et surtout, comme il n'y avait pas là de jeune fille susceptible de séduire son neveu, elle cessa de s'inquiéter.

Après le congé de Noël Nadim apprit à Jean-Pierre que sa femme était enceinte et qu'elle attendait un enfant pour le mois de mai. Son ami l'en félicita.

—Comme il n'y a personne de son âge à la maison et qu'elle est assez seule pendant que je suis à l'université, sa sœur Leila va venir lui tenir compagnie jusqu'à la naissance de notre enfant, continua Nadim. Dans quelques semaines, il y aura une soirée pour souhaiter la bienvenue à ma belle-soeur. Tu recevras une invitation.

Le carton arriva tel qu'annoncé. Monsieur et Madame Ibrahim Karam avaient l'honneur de prier Monsieur Jean-Pierre de Brettigny à une soirée dansante en l'honneur de Mademoiselle Leila Mokaish.

Au jour dit, vêtu du smoking que Tante Émilia lui avait fait confectionner, Jean-Pierre se présenta rue Victoria. Un serviteur le débarrassa de son manteau et l'annonça Le jeune homme salua les parents de Nadim puis il hésita. Dans le grand salon d'où on avait enlevé les tapis pour danser, se pressait une foule nombreuse. Un orchestre de cinq musiciens jouait des airs de Tommy Dorsey.

Nadim l'aperçut et vint à sa rencontre.

—Viens que je te présente.

Il l'amena près d'un groupe où deux jeunes femmes de taille identique conversaient avec d'autres personnes. Nadim mit la main sur l'épaule de sa femme.

—Diana, voici notre ami Jean-Pierre.

La jeune femme lui tendit la main avec son doux sourire.

—Et voici ma belle-soeur Leila.

Lorsqu'elle se retourna, Jean-Pierre fut ébloui. C'était le même visage que Diana, mais revu et corrigé par un grand artiste. L'ovale parfait de ce visage semblait faire paraître plus lourde la mâchoire légèrement proéminente de Diana. Le nez fin de Leila soulignait ce que celui de Diana pouvait avoir de trop sémitique. Enfin les yeux, d'un gris doux chez Diana, étaient, chez Leila, allongés en amande et d'un vert émeraude incroyable. Elle portait une robe blanche drapée à la grecque retenue à la taille par une ceinture de pierreries vertes scintillantes qui faisaient écho à l'éclat de ses prunelles. Il songea que c'était là sans aucun doute la plus belle femme qu'il avait jamais vue. Il bégaya quelque chose. Elle lui tendit une main froide et le salua sans sourire. L'orchestre reprit de nouveau.

—Allons danser, dit Nadim gaiement, entraînant sa femme sur la piste.

Jean-Pierre demeura seul face à Leila.

—Puis-je vous demander de m'accorder cette danse?

—Volontiers.

Il l'enlaça tout en bénissant intérieurement Tante Émilia de lui avoir permis, grâce aux bons offices de Madame Roy, de savoir se comporter convenablement.

Leila dansait correctement mais elle avait un air absent. Son partenaire se creusait la tête pour trouver les mots qui lui permettrait de faire sourire cette déesse de glace, mais il ne put songer qu'à des choses banales.

—Vous connaissez Montréal?

—Pas tellement.

—Vous connaissez sans doute mieux le lac Saint-Marc. Nadim m'a parlé de vos villas voisines.

—Oui, mais je n'y suis pas allée chaque été comme Diana. J'allais plutôt en France, chez ma tante Sélima.

—Puisque vous êtes ici pour quelques mois, j'espère que vous me permettrez de vous servir de guide pour vous faire connaître notre belle métropole.

—Je suis ici pour tenir compagnie à ma soeur, dit-elle d'une voix neutre qui désespéra Jean-Pierre.

La musique cessa. Sans un regard elle s'éloigna et se mêla à la foule. Il eut beau guetter sa chance de l'inviter de nouveau, elle était sans cesse entourée et la soirée s'acheva sans qu'il pût l'approcher.

Il retourna chez lui dans un état d'exaltation qui l'empêcha de trouver le sommeil. Les yeux grands ouverts dans l'obscurité, il se demandait de quelle façon il pouvait bien s'y prendre pour la revoir. Puis il espéra que la partie de billard du jeudi prochain lui en fournirait l'occasion. Mais en attendant, il lui faudrait traverser le gouffre de cinq longs jours, sans défense contre les magnifiques yeux verts qui hantaient ses rêveries. Telle devait être Cléopâtre lorsqu'elle subjugua Jules César, songeait-il. Tout en elle lui semblait mystérieux, exotique jusqu'à ce nom de Leila qui avait une résonnance de conte des Mille et une nuits.

Lorsqu'enfin le jeudi arriva, ce fut le coeur battant qu'il se présenta chez les Karam. À son grand désappointement, ni Diana ni Leila n'étaient visibles. Avec un faux détachement, il s'informa de la santé de Diana.

—Elle va bien, répondit Nadim. Elle et sa soeur sont sorties cet après-midi. Comme Diana était un peu fatiguée ce soir, elle se repose.

Il n'osa pas s'enquérir de Leila.

Sans le savoir, ce fut Tante Émilia qui lui fournit l'occasion qu'il cherchait désespérément.

Après dîner, alors qu'ils étaient au salon à boire leur café en lisant les journaux, Tante Émilia soupira:

—Il semble que je vais manquer quelque chose d'extraordinaire. Une de mes clientes, mariée à un imprésario, m'a offert deux billets pour le concert du grand violoniste Bronislaw Huberman. Malheureusement, c'est pour le 2 février, et il me faut être à New York ce jour-là. Je t'aurais amené.

—Dommage en effet, fit Jean-Pierre. J'aime bien les violonistes.

—Écoute ce que les critiques européens ont dit de lui: «M. Huberman possède une technique magnifique, un lyrisme qui transporte ses auditeurs vers les sphères éthérées où l'esprit, enfin dégagé, semble se mouvoir dans l'éternelle clarté.» Nous aurions été transportés au ciel, ni plus ni moins.

Jean-Pierre eut une inspiration subite.

—Si vous pouviez m'en obtenir deux autres j'inviterais Nadim et sa femme, ainsi que René, ajouta-t-il avec plus de prudence que de franchise. Ça fait bien des fois qu'ils me reçoivent et j'aimerais bien leur rendre leur politesse.

—D'accord. Je verrai ce que je peux faire.

De fait, elle obtint les billets et Nadim accepta l'invitation pour son épouse et lui-même ainsi que pour sa belle-soeur.

Au soir dit, Tante Émilia consentit même à lui prêter la Lasalle seize cylindres et c'est en grand équipage que Jean-Pierre se présenta à la résidence des Karam et qu'il conduisit ses invités au *His Majesty's Theatre*. Tandis que déferlait la musique, le jeune homme regardait subrepticement le beau profil de Leila dont le visage ne se départissait pas de sa gravité. Certes, le violoniste avait du talent mais si Jean-Pierre était transporté au paradis, ce n'est pas à lui qu'il le devait.

Se sentant observée, Leila se retourna et il reçut en plein coeur l'éclat de ses yeux verts. Puis de nouveau elle tourna la tête, le laissant subjugué.

Après le concert, il les invita au restaurant et commanda du champagne, et tant pis si son allocation mensuelle y passait. La conversation devint gaie et animée et pour la première fois il la vit sourire.

C'est à ce moment-là qu'il perdit les dernières bribes de bon sens qui le retenaient. Plus rien ne comptait que de la revoir. Quand, sur le pas de la porte, Nadim et Diana lui dirent bonsoir, il osa prendre la main de Leila pour la retenir et il lui demanda si, le samedi suivant, il pourrait venir la chercher pour lui faire visiter la ville.

Elle le regarda longuement, presque spéculativement, puis elle laissa tomber:

—Très bien. Venez à deux heures.

Lui tournant le dos, elle pénétra dans la maison et referma la porte sans le regarder.

Jean-Pierre avait l'impression qu'il se déplaçait dans une sorte de brouillard. Toute la semaine, aux cours, à la maison, il ne prêtait qu'une attention distraite au monde ambiant. Tante Émilia le questionna sur le concert, sur Nadim et Diana. Il lui répondit vaguement, lui laissant supposer que René les avait accompagnés, ne soufflant mot de Leila dont elle ignorait l'existence.

Le samedi suivant, sous prétexte de rencontrer des confrères de classe, il se rendit chez les Karam. Lorsqu'il prononça le nom de Leila, le domestique l'enjoignit d'attendre. Au bout de quelques minutes, elle apparut, vêtue d'un manteau de lainage, une petite toque de fourrure sur ses cheveux noirs, les mains cachées dans un manchon de même fourrure.

Une fois dans la voiture, il lui proposa de lui montrer la ville dans son emsemble.

—Allons au Mont-Royal. Il y a une vue splendide de la cité de là-haut.

—Je veux bien, acquiesça-t-elle, toujours grave et distante.

Tout en se dirigeant vers la montagne, il lui nomma les divers édifices et monuments sur sa route. Une fois près du chalet et de l'observatoire, il stoppa la voiture.

—Allons nous promener un peu, proposa-t-il.

Le soleil brillait, la neige étincelait, et tout Montréal s'étalait à leurs pieds; au loin, le Saint-Laurent dont le chenail était comme une blessure sombre dans la neige.

Il la questionna sur ses séjours en France dont lui avait parlé René. Elle répondait brièvement, ne se livrant pas. Pour encourager les confidences, il lui parla de son lointain pays du nord de l'Ontario, de la Tante Émilia chez qui il habitait tandis qu'il poursuivait ses études de médecine. Puis, comme le vent était frisquet malgré tout, il l'invita à aller prendre un gin chaud au citron.

Ce breuvage répandit une bonne chaleur dans leurs veines et fit même monter un peu de couleur aux joues d'ivoire pâle de Leila.

—Faites-vous du ski? lui demanda-t-il.

Cette fois-ci, elle s'anima tout à fait.

—Oh oui, j'aime bien ça. J'en ai fait à Chamonix plusieurs hivers.

—Alors, samedi prochain, on pourrait aller dans les Laurentides. Qu'en dites-vous?

De nouveau elle fixa sur son compagnon ce regard spéculatif qui lui causait un vague malaise.

—D'accord, dit-elle au bout d'un moment. Et puis, j'ai la clef de notre chalet au lac Saint-Marc. Quand nous serons fatigués, nous pourrons y aller manger quelque chose et nous reposer un peu.

Cette invitation le laissa bouche bée. Qu'ils soient seuls, tous les deux, dans un chalet désert... Puis une idée lui traversa l'esprit, jetant une douche d'eau froide sur son enthousiasme naissant.

—Vous avez sans doute des domestiques là-bas qui s'occupent de la maison?

—Non. C'est un fermier qui habite plus loin qui y a l'oeil durant l'hiver. Nous y trouverons de quoi faire un bon feu dans la cheminée et nous pourrons y faire la dînette avant de revenir. Ça vous plairait?

Si ça lui plaisait! Il en était ravi, abasourdi. C'était au-delà de ses espérances. Cela ouvrait des perspectives alléchantes et terrifiantes à la fois.

Sur le chemin du retour, il prit à dessein Summit Circle soi-disant pour lui montrer la ville sous un autre angle, mais surtout pour s'isoler un peu aux abords du parc. Il s'enhardit à tâter le terrain d'un peu plus près et lui prenant la main il y posa ses lèvres.

—Leila, je n'ai jamais connu de femme comme vous. Depuis que je vous ai vue la première fois, je ne pense qu'à vous.

La jeune fille le regardait gravement. Il continua:

—Je crois bien que je suis amoureux de vous, Leila.

Lorsqu'il lui entoura les épaules de son bras et que les deux visages se rapprochèrent, elle ne se déroba pas. Les lèvres de Leila étaient douces sous les siennes, et lorsqu'elles s'entr'ouvrirent et que sa langue agile vint caresser la sienne, il en ressentit une sorte d'éblouissement. Plus rien au monde n'existait sauf cette mince jeune femme qui s'abandonnait dans ses bras.

Elle le repoussa doucement mais fermement.

—Il faut rentrer maintenant.

Puis, consultant la petite montre à son poignet elle ajouta: «Il est presque quatre heures moins quart. Dépêchons-nous.. J'avais dit à Diana que je serais de retour pour quatre heures.»

À regret, il fit démarrer la voiture. Sur le chemin du retour, lorsqu'il voulut parler de ce qu'il ressentait, elle détourna la conversation, l'entretenant de sa soeur que la grossesse fatiguait, de sa joie à l'idée d'aller à Saint-Marc lorsque l'enfant serait né.

Avant de la quitter il lui rappela qu'il vaudrait mieux partir assez tôt le matin le samedi suivant.

—À huit heures je sonnerai à votre porte, dit-il.

—Je serai prête.

Il lui prit la main et posa ses lèvres sur la peau douce entre son gant et sa manche.

—Comme la semaine va me paraître longue, murmura-t-il.

Leila lui décocha un sourire énigmatique et le quitta rapidement. Jean-Pierre retourna chez lui déchiré entre l'espérance la plus folle et une inquiétude envahissante. La situation semblait évoluer à une telle rapidité qu'il en avait le souffle coupé.

Il se représentait Leila s'abandonnant dans ses bras, répondant à son baiser comme Margot Henri l'aurait fait à Val-d'Argent. Pour Margot, il n'était pas difficile de savoir ce qu'elle voulait: l'épouser, devenir la femme du marchand général du coin. Mais Leila, fille d'un riche restaurateur de New York, qui avait passé une partie de sa vie en France et fréquenté la Sorbonne, que lui voulait-elle? Le peu de bon sens qui lui restait lui disait qu'elle ne pouvait pas avoir été terrassée par une passion irrésistible pour sa personne. Elle demeurait trop secrète, trop distante, tout en lui permettant des privautés qu'il n'aurait pas cru possible d'obtenir dans un laps de temps aussi court. Alors, qu'était-il vraiment pour elle? Un flirt sans conséquence ou une passade plus sérieuse pour meubler le temps en attendant que naisse le bébé de Diana?

—Tu as l'air bien préoccupé, mon grand, observa Tante Émilia. Est-ce qu'il y a quelque chose qui ne va pas?

—Mais non, ma tante. Un peu fatigué, c'est tout.

—Qu'est-ce que tu as fait cet après-midi?

—Après une partie de billard où j'ai battu René, à la grande joie de Nadim, nous avons décidé d'aller marcher au parc Mont-Royal. Je crois bien que j'ai perdu l'habitude de marcher.

—Tu as donc vu les Karam encore cet après-midi? Il me semble que tu te lies trop avec eux.

—Mais non, ma tante. Ce sont des compagnons très agréables.

Puis, songeant qu'il valait mieux dire une partie de la vérité, il ajouta: «Nous avons convenu d'aller faire du ski samedi prochain.»

—Où ça?

—Près de Saint-Marc où ils ont une maison d'été. Il faut que je fasse un peu de sport pour me remettre en forme.

—Certainement, mon grand. Pourvu que ça ne dérange pas tes études.

Un autre problème, cependant, tracassait Jean-Pierre alors qu'il songeait à la rencontre du samedi suivant, et surtout, à leur dînette dans la villa déserte.

Pour la dixième fois il repassa dans sa tête la séquence d'événements qui se déroulerait probablement. Il ferait un feu dans la cheminée. Il la prendrait dans ses bras et l'embrasserait. À cette seule idée, il sentait l'excitation le gagner. Et après? Si elle lui permettait d'aller plus loin? Après tout, elle avait cédé à son baiser avec une facilité déconcertante.

La perspective qui s'ouvrait devant ses yeux lui donnait le vertige. Son expérience de l'amour se résumait à deux brèves passades avec Toinette, la fille d'un fermier du troisième rang à Val-d'Argent, qui se couchait volontiers dans le foin pourvu qu'on le lui demandât gentiment. Elle avait ainsi dépucelé la plupart des jeunes gens de la paroisse. Mais avec une femme comme Leila, que fallait-il faire?

Bon, reprenons, se dit-il. Il ferait un feu dans la cheminée. Ils seraient assis (étendus?) devant le foyer. Ils avaleraient le goûter qu'il aurait apporté (ne pas oublier d'en discuter avec la cuisinière) et boiraient le champagne (qu'il aurait également apporté). Il l'entourerait de ses bras et il l'embrasserait. Si elle se laissait faire, il passerait à des caresses plus précises. Et si elle ne l'arrêtait toujours pas, devait-il la déshabiller sur place ou la porter dans ses bras jusque sur le lit d'une chambre voisine? (Ne pas oublier de localiser les chambres en entrant). Quand se déshabillerait-il, lui? Quand elle serait nue? (Le chalet était-il chauffé? À vérifier.)

Plus il y songeait, plus cet exercice auquel il aspirait de toutes ses forces lui paraissait semé d'embûches. Il redoutait d'y faire figure de puceau maladroit, qui soulèverait la moquerie plutôt que l'admiration et la satisfaction. Si seulement on pouvait apprendre ces choses d'un professeur expérimenté comme on apprend le tango. Il revit soudain Madame Roy et il l'entendit lui dire:

—Tu as le sens de la danse, Jean-Pierre. C'est bien, c'est même très bien. On peut essayer quelques variations, tu sais, comme Valentino en faisait.

Alors il la renversait sur son bras. Il revoyait le visage rose et souriant de Madame Roy, sa taille qui n'avait plus la sveltesse d'antan mais qui avait conservé sa souplesse, la poitrine avec ses seins plantureux.

En amour, quelles variations existait-il?

L'image de Madame Roy continuait de hanter son esprit. Il avait senti qu'elle l'aimait bien. Peut-être que s'il abordait le sujet, elle consentirait à l'aider, et répondrait à ses questions sans embarras de part et d'autre. Après tout, elle avait été mariée, et lorsqu'elle expliquait les mouvements de la danse, les muscles et articulations dont il fallait se servir, elle le faisait sans pruderie, appelant les choses par leurs noms, clairement et simplement.

Cette idée lui trotta dans la tête toute la journée du dimanche. Il se dit que le plus tôt serait le mieux, avant de perdre son courage.

Aussitôt les cours finis, le lendemain, il courut à l'immeuble de la rue Guy où elle avait son studio et grimpa quatre à quatre les escaliers qui y conduisaient. Il ouvrit la porte. Sur un air de valse, trois couples d'adolescents boutonneux évoluaient autour de Madame Roy qui scandait le rythme comme un chef d'orchestre: UN deux trois, UN deux trois...

Lorsqu'elle aperçut le jeune homme dans l'embrasure de la porte, elle dit aux élèves de continuer, l'entraîna sur le palier et referma la porte.

—Jean-Pierre? Qu'est-ce qui t'amène ici aujourd'hui? C'est demain ta leçon, n'est-ce pas?

Au moment de parler, il mesura soudain tout le ridicule de sa démarche. Il restait là, debout, les bras ballants.

—Excusez-moi, Madame Roy, je n'aurais pas dû venir.

Elle lui prit la main qu'elle conserva dans la sienne.

—Voyons, Jean-Pierre, tu avais certainement une bonne raison de venir. Allons, parle. Tu sais bien que je suis toujours à ta disposition pour t'aider.

Il bafouilla qu'il voulait lui poser des questions.

—Des questions? À quel sujet?

Il haussa les épaules, tout à fait incapable de prononcer les mots qu'il fallait.

—Tu as une peine d'amour? demanda-t-elle soudain.

—Pas exactement. J'ai... j'ai rencontré une femme épatante, très belle, de New York. Elle m'invite à un chalet samedi prochain, rien qu'elle et moi, et je ne sais pas...

Elle le regarda un moment, puis elle dit: «Il me faut retourner à mes élèves maintenant. Viens chez-moi demain après-midi à trois heures. Nous parlerons de tout ça. Voici ma carte. L'adresse y est indiquée.»

Toute la soirée, Jean-Pierre se dit qu'il n'irait pas. Mais le lendemain, il se rendit à l'adresse inscrite sur la carte.

Pour la première fois, il s'absenta d'un cours à l'université.

Le numéro 4345 se trouvait au deuxième d'un long immeuble avec escaliers extérieurs en spirale, typiques de Montréal. À trois heures précisément, il appuyait sur le bouton de la sonnette.

Madame Roy vint ouvrir et le fit passer dans le salon, une grande pièce à haut plafond, divisée en deux par une arche formée de piliers ronds et d'une pièce transversale sculptée. Les lourdes portières qui la fermaient avaient été attachées de sorte qu'elles découvraient un grand lit qui occupait l'autre moitié de la pièce. Avec son oeil maintenant plus exercé, il se rendit compte que le mobilier était de qualité, probablement les seules choses qui lui restaient de la vie aisée qu'elle avait connue avec son mari.

Elle le prit par la main et le conduisit à un canapé où elle le fit asseoir près d'elle. Elle portait une robe de couleur ivoire dont le large décolleté laissait voir la naissance des seins.

—Tu prendras bien un verre de porto? dit-elle en prenant la carafe sur le guéridon près d'elle et en remplissant deux verres.

Puis, le regardant en plein dans les yeux, elle lui dit:
—Parle-moi de cette fille que tu as rencontrée.

Il lui raconta comment il avait connu Leila, le peu qu'il savait d'elle, leur sortie du samedi précédent, l'expédition de ski projetée pour le samedi suivant, et l'invitation de Leila d'aller se reposer au chalet de famille dont elle avait la clef.

Madame Roy lui prit la main. «Dis-moi, Jean-Pierre, as-tu jamais fait l'amour à une femme?»

En rougissant il lui avoua les deux misérables passades avec Toinette.

—Jean-Pierre, je ne peux pas te dire combien j'apprécie que tu aies assez confiance en moi pour me parler de tes soucis.

—Alors, vous ne vous moquerez pas de moi? demanda-t-il humblement.

—Jamais de la vie. Tu n'es pas comme beaucoup de jeunes gens qui ne connaissent rien à l'art de l'amour et qui s'imaginent qu'être brutal et s'imposer est une marque de virilité alors que c'est tout le contraire. Toi, puisque tu te soucies d'en savoir davantage, c'est que tu es sensible au plaisir de l'autre, comme le doit être un homme de coeur. Mais d'abord, mettons-nous à l'aise. Donne-moi ton veston.

Lorsqu'elle l'eut pendu dans le placard elle revint, dénoua sa cravate et se mit à déboutonner sa chemise. Pour la seconde fois en moins d'une semaine, Jean-Pierre se demanda avec angoisse ce qui allait se passer et s'il serait à la hauteur.

Elle s'assit de nouveau près de lui et tout en lui caressant la poitrine de ses mains douces, elle lui dit:
—Est-ce que tu crois que faire l'amour est une belle et bonne chose lorsque deux personnes qui s'estiment y trouvent également plaisir?

—Mais oui, Madame.

—Appelle-moi Louise, même Leila si tu préfères.

Elle attira vers elle le visage du jeune homme. Sa bouche était accueillante, ses mains caressantes. Lorsque Jean-Pierre reprit son souffle, elle lui murmura à l'oreille:

—Tu as l'étoffe d'un grand amoureux. Tu es très doué. Enlève ma robe.

Les mains tremblantes il défit les agrafes. Le corsage glissa vers la taille. Elle ne portait pas de soutien-gorge et les seins apparurent, généreux, laiteux, avec des aréoles roses. Elle se leva et laissa choir sa robe par terre et, l'obligeant à se lever, elle le déshabilla à son tour.

—Allons sur le lit, murmura-t-elle.

Le jeune homme se coucha près d'elle. Elle l'attira dans ses bras et l'embrassa longuement tandis que ses mains habiles descendaient vers le sexe tumescent. Éperdu de désir, il la posséda immédiatement avec toute l'ardeur qu'elle avait su éveiller en lui. Lorsqu'il retomba, pantelant, elle se blottit la tête au creux de l'épaule de son partenaire et lui caressa le visage doucement.

—Je savais bien que tu avais l'étoffe pour faire un grand amoureux, Jean-Pierre. C'est très bien.

—Ah oui? Vous croyez vraiment?

—Oui, très cher. Et maintenant, mon jeune et impétueux ami, la leçon va commencer.

Lorsqu'il quitta Louise Roy en fin d'après-midi, il en avait appris plus en anatomie et en psychologie amoureuse en trois heures qu'en deux ans et demi à la Faculté.

—Si tu crois qu'une autre leçon t'aiderait avant de rencontrer ta belle, je pourrais te recevoir vendredi après-midi, lui avait-elle dit comme il prenait congé.

—Vendredi? C'est que j'ai un examen...

—Alors, quand tu voudras, très cher. Je serai toujours heureuse de te revoir.

Il arriva en retard pour le dîner. Lorsque Tante Émilia le questionna, il allégua une expérience de laboratoire qu'il avait dû terminer.

—Tu aurais dû téléphoner, reprocha-t-elle doucement. J'étais inquiète.

—Excusez-moi, ma tante. J'y penserai une autre fois.

Intérieurement, il sentit que le bât le blessait. Toujours expliquer. Toujours inventer. Ah, quand donc serait-il libre?

# III

Paul Marchessault reçut une communication l'enjoignant de se présenter à un examen médical afin de déterminer s'il était apte au service militaire. Puis il fut envoyé à Toronto pour subir son entraînement.

Lorsqu'il revint en permission, il apprit à son frère Germain qu'il avait signé un engagement pour servir outre-mer.

—Que veux-tu, expliqua-t-il à son frère atterré, il faut d'abord régler ça et après, quand ce sera fini, on pourra continuer nos projets.

Germain ne pouvait cacher son désappointement et son inquiétude. Ils avaient toujours travaillé ensemble et tous ses plans d'expansion se fondaient sur la présence de son frère.

—Alors, cet hôtel à Kirkland Lake que nous devions acheter?

—Il sera encore là quand je reviendrai, Germain, celui-là ou un autre. Et puis, il faudra bien que j'y aille un jour ou l'autre, tu le sais bien. Ils vont passer la conscription. J'aime encore mieux y aller avec mes amis et les gars de mon régiment.

Lorsque Rose-Delima, sa soeur, apprit cette nouvelle, elle sentit que cette fois la guerre n'était plus une série d'événements tragiques et sanglants qui se passaient en Europe, mais bien une réalité qui les toucherait tous avant de s'éloigner.

À Noël—le premier Noël où il y eut une place vide à table—une carte de Noël des Stewart apprit à Rose-Delima qu'un autre être qui lui était particulièrement cher était également dans l'armée: Donald, l'ami d'enfance qu'elle n'avait jamais cessé d'aimer. Sa mère, que les enfants Marchessault avaient toujours appelée Tante Rose, avait griffonné cette nouvelle sans donner d'autres détails. Rose-Delima lui avait écrit aussitôt pour en savoir davantage mais jusqu'à maintenant elle n'avait pas reçu de réponse.

Après les vacances elle était rentrée à Ottawa en se disant qu'elle recevrait sans doute une lettre pour son anniversaire de naissance qui tombait le 3 février. Chère Tante Rose, jamais elle n'oubliait son anniversaire. Et pour cause, aimait-elle raconter. La mère de Rose-Delima et elle s'étaient trouvées isolées par la tempête, loin de toute aide, dans ce bled perdu de Val-d'Argent, et Tante Rose, qui n'avait alors que dix-huit ans, avait dû agir comme sage-femme lors de la naissance de Rose-Delima.

Lorsque s'achevèrent les cours de l'après-midi la veille de son anniversaire, elle vit avec satisfaction que la lettre attendue se trouvait bien dans son casier. Déchirant en hâte l'enveloppe elle déplia le feuillet et lut: Chère filleule.

Tante Rose s'était toujours considérée comme sa marraine même si au baptême, le curé, horrifié qu'on lui proposât une protestante, l'avait refusée tout net.

Rapidement elle parcourut les premières lignes de la missive, déchiffrant avec difficulté l'écriture haute et vieillotte. L'oncle Doug avait eu une mauvaise grippe dont il n'était pas encore remis... sa nièce s'était mariée durant l'été à Hamilton... très beau mariage... Puis elle vit enfin le nom qu'elle cherchait: Donald s'est enrôlé au mois de septembre. Il achève son entraînement et s'attend à être muté bientôt. Il ne sait pas trop quand il sera envoyé outre-mer.

La jeune fille replia le feuillet et, relevant la tête, fixa distraitement les flocons de neige qui tombaient inlassablement comme un rideau mouvant devant la fenêtre. Dire qu'il y avait presque trois ans qu'elle n'avait pas vu Donald. Pourtant, il était aussi présent à son esprit que lorsqu'ils passaient leurs vacances d'été ensemble. Il avait été son premier amour et elle sentait bien qu'il ne pourrait jamais y en avoir un autre. Sachant que la correspondance l'ennuyait, elle ne lui avait pas écrit, mais par les lettres de sa mère, elle était au courant de ses études, des voyages qu'il avait faits durant les vacances, de ses projets. Maintenant qu'il risquait de partir pour les champs de bataille de l'Europe, elle se dit qu'il lui fallait absolument le revoir avant son départ.

Les pensées qui l'avaient hantée lorsqu'elle avait appris que son frère Paul s'embarquerait bientôt pour l'Angleterre revinrent comme un vol de corbeaux noirs. S'il allait lui arriver quelque chose!... Non, il fallait qu'elle le revoie.

Elle se hâta de remonter à sa chambre et, s'asseyant à son pupître, elle se mit à écrire:

    *Cher Donald,*
*Je viens de recevoir une lettre de ta mère m'apprenant que tu es devenu soldat de Sa Majesté et que tu t'attends à changer d'endroit bientôt. Comme tu le sais sans doute (par ta mère, toujours) je suis à Ottawa depuis deux ans, inscrite à un collège féminin affilié à l'Université d'Ottawa. Et si tous les chemins mènent à Rome, tous les trains de troupes passent d'ordinaire par Ottawa. Alors je t'envoie mon adresse et mon numéro de téléphone. Je veux* <u>*absolument*</u> *te voir avant que tu ne sois envoyé outre-mer. Tu me le promets?*
*Je t'attends,*
*Lima*

Elle écrivit l'adresse de Tante Rose sur l'enveloppe et, mettant son manteau, sortit dans le vent glacial qui balayait la rue Rideau pour aller mettre sa lettre à la poste.

En revenant, elle s'aperçut qu'il était déjà cinq heures moins quart. Elle arriverait en retard au cours de philosophie et le Père Cervette lui jetterait un coup d'oeil courroucé. Ramassant ses livres à la hâte, elle remonta la rue Waller vers le pavillon où se donnaient les cours de philo. Si les autorités ecclésiastiques de l'Université toléraient que les religieuses enseignent les matières universitaires aux collégiennes, y compris la physiologie (elles omettaient pourtant le chapitre sur les organes sexuels sous prétexte qu'à l'examen on ne posait jamais de questions sur cette partie du corps), il n'en allait pas de même pour la philosophie. Pour ce faire ils jugeaient qu'il fallait d'abord posséder une solide formation en théologie thomiste, chose impensable chez une religieuse.

Tout en cheminant péniblement sur le trottoir où le vent amoncelait la neige, elle songea qu'il lui faudrait bientôt prendre une décision pour l'an prochain. Elle avait pris quelques cours par correspondance pendant qu'elle enseignait à Val-d'Argent, mais il lui manquait des crédits pour obtenir son baccalauréat à la fin de l'année. Son frère Germain était généreux. Il payait ses dépenses sans lésiner. Ce serait cependant peu raisonnable de lui demander de payer toute une autre année de collège pour les quelques crédits qui lui manquaient.

Et puis, elle était lasse de cette vie quasi monacale. La plupart des étudiantes étaient externes. Il n'y avait qu'une demi-douzaine de pensionnaires et elles étaient soumises à un règlement d'une rigueur qui lui semblait de plus en plus difficile à supporter.

Enfin, elle déciderait plus tard. En attendant, la seule chose importante c'était l'espoir de revoir Donald bientôt. Rien qu'à y penser, son coeur se mit à bondir dans sa poitrine.

Les tempêtes de février cédèrent la place aux grands vents du début mars. Déjà on voyait les équipes coupant la glace de la rivière Rideau en prévision des dégels, signe précurseur de l'arrivée du printemps.

Ce vendredi-là, comme elle se préparait à retourner à la salle de cours, on vint la prévenir qu'elle était demandée au téléphone. Ainsi qu'elle l'espérait, ce fut sa voix qui résonna dans l'appareil:

—Lima? C'est Donald.

—Où es-tu?

—Tu me croiras pas mais je suis à Saint-Jérôme. Je t'expliquerai. J'ai une permission de fin de semaine et je monte à Ottawa avec un chum. Veux-tu que j'aille te prendre au couvent?

—Surtout pas. J'irai t'attendre dans le lobby du Château Laurier. À quelle heure arrives-tu?

—Vers six heures. OK?

—Je serai là.

Du coup elle n'avait plus le goût d'aller entendre Mère Marie-Mélanie lire, des trémolos dans la voix, les poètes romantiques anglais. Elle remonta à sa chambre et ouvrit sa garde-robe. Qu'est-ce qu'elle mettrait ce soir? La robe de lainage gris avec un noeud rouge? Non, ça faisait trop écolière. Plutôt celle en crêpe bleu royal avec le décolleté drapé. Elle avait les manches courtes et il faisait froid mais tant pis. Avec son manteau de laine, elle survivrait.

Elle se lava les cheveux et mit beaucoup de temps à se maquiller. Puis elle revêtit la robe bleue et tenta de se mirer dans la glace minuscule dont on meublait les chambres des collégiennes afin de décourager tout penchant à la coquetterie. Elle examina son visage rond encadré de cheveux noirs soyeux tombant sur ses épaules. Elle se remit un peu de mascara ouvrant tout grands ses yeux sombres, et s'exerça à sourire, accentuant ses fossettes de son index.

D'après l'horloge, il n'était que deux heures et demie. Il restait plus de trois heures à tuer avant l'arrivée de Donald. Elle tenta de prendre un livre mais il lui était impossible de se concentrer. De guerre lasse elle décida de se rendre immédiatement au Château Laurier. S'il fallait que Mère Marie-Mélanie vienne frapper à sa porte pour s'enquérir du motif de son absence, et même qu'elle la retarde ou l'empêche de sortir!...

Une fois au Château, elle choisit un siège d'où elle pouvait surveiller les deux portes monumentales donnant accès au hall de l'hôtel. À chaque moment, des soldats en uniforme, des officiers galonnés entraient. Elle attendit. Les aiguilles de la grande horloge entourée de têtes de bisons et d'orignaux avançaient avec une lenteur désespérante. Enfin, un peu après six heures, elle le vit entrer. Même avant qu'il n'ouvre la porte elle l'avait déjà reconnu et, courant vers lui, se jeta dans ses bras.

—Hé là! C'est bien ma Lima, dit-il en l'éloignant à bout le bras pour la regarder, puis l'enserrant à nouveau pour l'embrasser.

—Est-ce que tu sais combien ça fait de temps que je ne t'ai pas vu?

—Tu n'as pas changé, tu sais. Mais là, nous allons avoir toute la fin de semaine pour refaire connaissance. Viens, allons souper. Je meurs de faim.

Le bras autour de la taille, il l'entraînait vers la salle à manger lorsqu'il se ravisa.

—Il vaudrait mieux s'assurer d'une chambre tout de suite. On me dit qu'elles sont difficiles à obtenir.

Ils revinrent à la réception où Donald demanda une chambre pour le sous-lieutenant et Madame Stewart.

—Do you have reservations, Sir? demanda l'employé.

—No, but for the next two days I'm on a special mission for Brigadier Crawford. I hope you can accommodate me.

Le commis consulta les tableaux et finit par déclarer qu'il leur restait une petite chambre au cinquième. Donald remplit la fiche sans sourciller.

—Tu sais, lui dit-il pendant qu'ils se dirigeaient de nouveau vers la salle à manger, il vaut mieux s'enregistrer tout de suite comme mari et femme. Comme ça on ne risque pas que le détective de l'hôtel vienne frapper à la porte aux petites heures du matin pour demander que les visiteurs quittent la chambre.

Rose-Delima ne répondit rien mais son coeur se serra. Comment savait-il toutes ces choses? Quelle autre Madame Stewart avait partagé sa chambre?

Une fois attablés, il lui raconta comment il avait été muté à Saint-Jérôme.

—Tu me croiras pas quand je vais te conter ça, dit-il en riant. Figure-toi qu'un jour on me dit que le brigadier veut me voir. Je me demandais bien ce qu'il me voulait. J'entre. Je me mets au garde-à-vous. Il me regarde avec ses yeux tout bleus dans sa grosse face rouge.

—At ease, qu'il me dit. Stewart, I'm told you parley-vous like a native. Is that true?

—Yes, Sir, que je lui dis.

Il m'a de nouveau regardé comme si une chose pareille était inconcevable. Puis il me demande où j'avais appris ça et je lui dis que j'allais à l'école française quand j'étais petit.

—Well, I'll be damned, qu'il a dit.

—Bon, pour faire une histoire courte, il me dit qu'on a besoin de commandos qui parlent français et que je serais envoyé en Colombie-Britannique pour l'entraînement. Auparavant, je ferais un stage à Saint-Jérôme pour pratiquer mon français car ça fait un bout de temps que je ne m'en suis pas servi.

—Deux ans et sept mois exactement, dit Rose-Delima.

De nouveau Donald se mit à rire. «Oui, mais maintenant que je suis là, on va bien s'amuser. Nous allons profiter de la fin de semaine, ma belle Lima.»

—Il faut que je sois de retour au couvent avant dix heures du soir.

—Quoi! Ça n'a pas de sens.

—Eh oui. Mère Directrice ne plaisante pas là-dessus.

—On s'en fout. Viens.

Ils prirent l'ascenseur pour monter au cinquième. Donald ouvrit la porte en saluant avec panache.

—Après vous, Madame.

Une fois la porte refermée, elle oublia tout dans ses bras.

Les aiguilles de l'horloge semblaient maintenant être prises d'une course folle. Ils allèrent danser, prirent leur petit déjeuner au lit, allèrent au cinéma. La nuit lorsque Donald dormait, elle se blottissait contre lui et luttait pour rester éveillée, disputant au sommeil ces minutes précieuses qui s'ajoutaient aux autres pour constituer les souvenirs dont bientôt elle devrait se contenter. Et s'il allait lui arriver malheur, à Donald, songeait-elle parfois. S'il fallait que ce soit tout ce que la vie lui accorderait? Elle chassa cette pensée comme un mauvais présage.

Quand il la quitta le dimanche après-midi, elle lui en voulut presque de partir si gai alors qu'elle luttait pour cacher ses larmes, sachant que cela l'ennuierait de la voir pleurer.

Lentement elle redescendit vers le collège et monta à sa chambre pour repasser dans son coeur les heures merveilleuses qu'elle avait vécues avec lui.

Comme elle revenait de la salle à manger après le repas du soir, la Directrice sortit de son bureau et l'appela. Lui indiquant un siège, la religieuse reprit sa place derrière le pupître comme un juge sur son banc.

—Où étiez-vous vendredi et samedi soir? demanda-t-elle sans préambule. Vous n'aviez pas que je sache la permission de vous absenter.

—J'ai rencontré des amis, des gens de chez-nous, et j'ai passé la fin de semaine avec eux.

—Je ne soulignerai pas ce que cette réponse laisse supposer de louche, Mademoiselle. Vous connaissez les règlements. Considérez-vous comme expulsée. Je ne vous oblige pas à partir ce soir, mais arrangez-vous pour retourner chez votre mère dès demain matin.

Rose-Delima en resta bouche bée. Elle s'était attendue à une verte semonce, mais l'expulsion?...

—Il ne reste plus que six semaines avant les examens, Mère. Laissez-moi au moins rester jusque là. Je vous promets de ne pas demander à revenir l'an prochain. Je finirai en cours du soir.

—Il fallait y songer avant votre escapade, Mademoiselle, dit la Directrice froidement. Je m'attendais à quelque chose du genre car vous n'avez jamais manifesté un très bon esprit depuis votre arrivée ici. Les règlements sont clairs et ne souffrent pas d'exceptions. Vous partirez demain, dit-elle en se levant, pour bien marquer que la conversation était terminée.

Tandis qu'elle remontait à sa chambre, la jeune fille explora l'étendue de son malheur. Une fois rayée de la liste des étudiantes, elle n'aurait plus le droit de se présenter aux examens. Son année était perdue. Elle n'allait certes pas retourner chez sa mère, ni dire à Germain qu'elle avait été mise à la porte. Alors, que faire?

Elle songea tout à coup à Lise Chayer, une compagne du pensionnat d'Haileybury qui habitait maintenant Ottawa. Employée à la Commission du Service civil, Lise l'avait déjà invitée à se présenter aux examens d'entrée des fonctionnaires. On cherchait justement des femmes pour remplacer les hommes qui quittaient leur poste pour entrer dans l'armée. Elle lui téléphona.

Lorsque Lise fut mise au courant de son problème, elle l'invita à venir habiter chez elle en attendant de se trouver un logis, et l'assura qu'elle n'aurait aucune difficulté à obtenir du travail dans l'un ou l'autre des ministères.

Rose-Delima se présenta à l'examen des commis. Une semaine plus tard, elle recevait un avis l'invitant à se rendre au ministère des Transports et Communications, au bureau de Monsieur W. Baines, ingénieur en chef.

Entre-temps, elle s'était déniché un appartement d'une-pièce-et-demie à l'étage d'une maison minuscule sur Somerset ouest, propriété de deux dames d'un certain âge. Avant de l'accepter comme locataire, celles-ci s'enquirent si elle menait une vie conforme à la morale et l'avertirent que si elle recevait des visiteurs du sexe masculin, les bonnes moeurs exigeaient qu'ils se retirent avant dix heures du soir.

Elles-mêmes, comme Rose-Delima put s'en rendre compte dès la première semaine, avaient un admirateur qui se présentait ponctuellement trois fois la semaine à huit heures du soir. Quinze minutes après son arrivée, il s'installait à l'harmonium poussif et faux et chantait, d'une voix de ténor éraillée, des hymnes religieux accompagné des voix de crécelle de ces dames. La jeune fille regardait souvent l'horloge, attendant la délivrance que dix heures apporterait.

Elle écrivit à Donald pour lui donner sa nouvelle adresse et son numéro de téléphone, tant à la maison qu'au bureau. Puis elle espéra qu'il obtiendrait une autre permission avant son départ pour la Colombie-Britannique.

Son patron, M. Baines, était responsable de la surveillance technique des émissions radiophoniques, tant au pays qu'à l'étranger, une activité importante en temps de guerre. Les rapports arrivant des nombreux postes de surveillance devaient être examinés, colligés, comparés, classés et transmis aux autorités militaires. Lui et ses deux adjoints avaient à leur service, en plus de nombreux commis, plusieurs sténos-dactylos recrutées à la hâte dans les instituts d'études commerciales.

M. Baines apprécia vite l'intelligence et l'éducation supérieure de Rose-Delima et lui confia la formation et la surveillance des nouvelles recrues qui arrivaient, petites campagnardes nouvellement transplantées en ville. Pour les loger, le gouvernement avait fait construire, rue Sussex, des espèces de baraques, dirigées par des matrones qui semblaient avoir été recrutées parmi le personnel pénitentiaire.

L'une des nouvelles arrivantes avait attiré la sympathie de Rose-Delima. N'ayant jamais auparavant quitté son village natal, elle paraissait être dans un état de panique continuelle. Pour son malheur, on l'avait mise au service de M. Lophed, personnage dyspeptique et bilieux, adjoint de M. Baines. Chaque fois qu'il l'appelait pour lui dicter un texte, il la réduisait à un tel état de terreur qu'elle ne comprenait pas la moitié de ce qu'il disait et n'osait lui demander de répéter. Lorsqu'elle revenait, elle tournait vers Rose-Delima des yeux suppliants. Patiemment celle-ci l'aidait à revoir ses notes, consultant les dossiers pour découvrir ce qu'il avait probablement voulu dire, allant même jusqu'à retourner questionner M. Lophed pour éclaircir certains points. Chose curieuse, alors qu'il déversait sa bile sur d'autres employées, il se montrait toujours poli avec Rose-Delima, tant il est vrai que les victimes apeurées réveillent parfois le bourreau qui sommeille dans bien des hommes.

Un jour, M. Baines qui l'avait observée au passage pendant l'un de ces exercices, la fit demander à son bureau.

—Rose-Delima, dit-il, je n'ai rien personnellement contre les Canadiens-français, et vous le croirez certainement lorsque je vous dirai que j'ai moi-même épousé une Canadienne-française, une demoiselle de Lavérendrye de Québec.

Rose-Delima l'écoutait, se demandant ce que signifiait ce préambule.

46

—On m'a averti, et j'ai pu le constater tout à l'heure, que vous parlez français à la secrétaire de M. Lophed.

Du coup, la moutarde lui monta au nez.

—Si M. Lophed traitait sa secrétaire avec un peu plus de gentillesse—que dis-je, de simple politesse—il obtiendrait un bien meilleur résultat.

M. Baines fit un geste de la main pour l'apaiser.

—Je ne vous ai pas convoquée pour discuter de M. Lophed, mais simplement pour vous rappeler qu'il est interdit de parler français dans les bureaux du gouvernement fédéral. C'est tout.

La jeune fille se leva.

—Vous voulez m'obliger, moi, une Canadienne-française, à parler anglais à une compatriote au cours d'une conversation privée?

—Ce n'est pas moi qui vous y oblige, ma chère enfant, ce sont les règlements. Vous voudrez bien vous y conformer.

Pour bien marquer qu'il ne tenait pas à poursuivre ce sujet plus longtemps, il prit le téléphone et se mit à composer un numéro. Rose-Delima sortit, furieuse.

Comme elle retournait à sa place, Lophed sortait de son bureau. Elle lui décocha au passage un regard si chargé de colère qu'il détourna les yeux et se hâta de quitter la pièce.

Les jours qui suivirent, elle se rendit bien compte que M. Baines était mal à l'aise et prit un plaisir malin à le traiter avec une politesse exagérée et glaciale. Au début de la semaine suivante, alors qu'elle se préparait à quitter le travail à cinq heures, il lui demanda de venir dans son bureau.

—J'aurais une faveur à vous demander, dit-il. Je suis délégué à une conférence qui se tiendra au Brésil. Je serai absent toute la semaine prochaine. Ma femme et moi n'avons pas d'enfants. Nous avons été cambriolés dernièrement et ma femme est nerveuse à l'idée de rester seule. Serait-ce trop vous demander que d'aller coucher chez moi durant mon absence?

Rose-Delima, semblant faire un effort de mémoire, demanda:

—Ne m'avez-vous pas dit que Madame Baines était une de Lavérendrye de Québec?

—Oui, en effet.

—Devrai-je aussi lui adresser la parole en anglais?

M. Baines eut un geste las.

—Ne faites pas la mauvaise tête, Rose-Delima. Vous faites bien votre travail. On m'a fait remarquer que je devais vous rappeler les règlements. Je l'ai fait. Si vous vous oubliez parfois, ce n'est pas moi qui me priverai d'une bonne employée pour des peccadilles. Surtout en temps de guerre, le travail d'abord. Alors, je peux compter sur vous?

Il la regardait anxieusement.

—Mais oui, M. Baines, j'irai.

Lorsqu'elle sortit du sombre bâtiment, le soleil couchant s'attardait au-dessus des collines de la Gatineau, baignant d'une clarté rose les immeubles miteux de la rue O'Connor. Il y avait une odeur de printemps dans l'air. D'un coeur léger elle se dirigea vers la rue Somerset. Elle avait l'intuition que bientôt elle reverrait Donald.

# IV

Jean-Pierre n'eut pas à inventer de prétexte pour se rendre chez les Karam puisqu'il y était attendu chaque jeudi pour la partie de billard hebdomadaire. Il eut même la chance de voir Leila surgir dans la pièce alors qu'il jouait avec René. Elle les salua brièvement et se mit à s'entretenir avec Nadim sans plus faire attention aux joueurs. Sa seule présence énervait tellement Jean-Pierre qu'il manqua deux coups relativement simples permettant ainsi à René de triompher facilement.

—Ton tour, Nadim, dit-il, dégoûté, tandis qu'il lui tendait la queue de billard.

Se tournant vers Leila, il lui dit: «J'espère que nous aurons du beau temps samedi pour notre excursion de ski.»

—Je suis sûre que ce sera une excellente journée, dit-elle avec un léger sourire, tout en se dirigeant vers la porte.

—Tu viens, Jean-Pierre? demanda Nadim. J'aimerais mieux jouer une partie avec toi plutôt qu'avec René. De la façon dont tu joues ce soir j'ai peut-être une chance de gagner.

Le lendemain, la tentation lui vint de retourner chez Louise Roy, mais avec le sourire plein de promesses de Leila dans sa mémoire, il lui sembla qu'il commettrait une infidélité.

Enfin, le samedi arriva.

À six heures du matin il était déjà debout, scrutant par la fenêtre de sa chambre le ciel encore obscur. Il n'y avait aucun signe de l'aurore mais les étoiles scintillantes témoignaient d'un temps clair. Il descendit à la cuisine se faire à déjeuner et prendre le goûter qu'il avait, la veille, demandé à la cuisinière de préparer. Comme il remontait à sa chambre, Tante Émilia ouvrit sa porte.

—C'est toi, Jean-Pierre? Tu es bien matinal pour un samedi matin.

—Je vous avais dit, ma tante, que j'allais faire du ski avec des amis. Il nous faut partir de bonne heure. Excusez-moi si je vous ai réveillée.

Il allait rentrer dans sa chambre lorsqu'elle le retint.

—Tu sais, Jean-Pierre, tu devrais amener tes amis ici quelquefois. J'aimerais bien les connaître. Comment s'appellent-ils?

—Qui?

—Les amis avec qui tu vas faire du ski.

—Euh... il y a bien sûr Nadim et René.

—Je croyais que tu m'avais dit que vous alliez en groupe.

—Et puis Jacques Landry, ajouta Jean-Pierre, nommant au hasard un étudiant avec qui il échangeait quelques mots de temps à autre.

Tante Émilia parut très intéressée.

—Est-ce qu'il s'agirait du fils de Benoît Landry, l'avocat célèbre?

—Je ne sais pas vraiment, ma tante. C'est Nadim qui organise notre groupe. Je ne les connais pas tous. Je me sauve car j'ai peur d'être en retard.

Il entra dans sa chambre, prit ses effets à la hâte et avec un «Au revoir, ma tante», dévala l'escalier avant qu'elle ait pu lui poser d'autres questions.

Lorsqu'il s'engagea dans la rue avec sa voiture, le soleil pointait à l'horizon, illuminant la ville presque déserte. À huit heures il sonnait chez les Karam. Leila vint elle-même ouvrir, toute mince dans ses vêtements de ski blancs avec une tuque et une écharpe verte. Elle lui sourit et lui tendit ses skis. Le coeur du jeune homme battait lorsque, l'ayant installée dans la voiture, il vint s'asseoir au volant. Il lui semblait incroyable de penser qu'il allait jouir de la compagnie de cette femme merveilleuse pendant une journée entière. Chemin faisant, ils n'échangèrent que des propos banals, mais cette randonnée à la campagne par un matin de printemps lui parut le comble de la félicité.

Une fois sur la piste, il s'aperçut que Leila était beaucoup plus experte que lui. Elle avait fréquenté les pistes de Chamonix et de Val-d'Isère alors que lui avait dû se contenter des côtes médiocres du nord de l'Ontario. Heureusement, elle s'en aperçut et n'exigea pas qu'ils aillent sur les pistes pour skieurs expérimentés. Il parvint à se tirer d'affaire sans paraître trop ridicule.

À midi, il lui proposa d'aller déjeuner à l'auberge.

—Allons plutôt aux Cèdres, dit-elle.

—Aux Cèdres? Où est-ce?

—À quinze minutes d'ici. C'est notre chalet.

—Excellente idée, d'autant plus que j'ai apporté un goûter justement au cas où j'y serais invité.

Ce qu'elle avait appelé un chalet était une grande maison à deux étages, d'allure imposante, avec des dépendances, et un grand parterre qui descendait jusqu'à la grève. Sur le côté de la maison, de grandes baies vitrées s'ouvraient sur une terrasse bordée d'une balustrade blanche et garnie de grandes amphores qui devaient être remplies de fleurs durant la belle saison.

—Eh bien, dit Jean-Pierre, ce n'est pas tout à fait le classique camp de bois rond.

Leila se mit à rire.

—Mon grand-père l'a fait bâtir avant la guerre de '14. Tu vois, au fond de la grande baie, la maison blanche et verte? C'est celle du père de Nadim. Moi, je n'y suis pas venue tellement quand j'étais enfant, mais Diana y a passé sa jeunesse. Nadim et elle sont des amis d'enfance.

Elle prit une clef dans son sac et ouvrit la grande porte sculptée. Avant de la suivre, Jean-Pierre enfouit la bouteille de champagne dans un banc de neige pour la refroidir.

On entrait de plain-pied dans un salon très grand, avec des fenêtres monumentales donnant sur le lac, et, au fond, une cheminée de pierre grise qui s'élevait jusqu'au plafond. À droite se trouvait la salle à manger avec des portes françaises ouvrant sur la terrasse. Au fond, la cuisine.

La vue du grand escalier en spirale qui conduisait aux chambres à l'étage causa à Jean-Pierre un vif plaisir. Comme Rhett Butler dans *Autant en emporte le vent*, il pourrait, le moment venu, prendre Leila dans ses bras et la porter là-haut vers les chambres. Le seul ennui c'était qu'ils ne se trouvaient pas sous le doux ciel de la Géorgie. Ici régnait le froid mortel qui sévit dans les maisons non chauffées des Laurentides au mois de mars.

—Si tu veux bien m'indiquer où se trouve le bois, je ferai du feu dans la cheminée, se hâta-t-il de dire.

—Ce n'est pas la peine. Je vais brancher les radiateurs électriques du salon.

D'un geste elle indiqua le canapé. «Viens, nous allons nous asseoir ici et dans quelques instants nous sentirons une bonne chaleur.»

—C'est magnifique cette maison, dit Jean-Pierre, cherchant une excuse pour monter à l'étage et ouvrir le chauffage dans l'une des chambres. Tu permets que je la visite un peu?

—Mais non, pas maintenant. Viens près de moi.

Elle lui prit les deux mains et le força à s'asseoir. Puis le fixant de ses grands yeux verts, elle continua:

—Tu es vraiment un gentil garçon, Jean-Pierre. Je suis bien contente de t'avoir connu.

—Et moi, donc! Tu es vraiment la femme la plus merveilleuse que j'aie jamais rencontrée.

Ses lèvres roses, découvrant des dents petites et bien rangées, étaient tout près. Il y posa les siennes et sentit qu'elle s'abandonnait contre lui. Ému, il s'enhardit à laisser sa main remonter la courbe de son flanc et emprisonner un sein ferme et généreux. Elle resserra son étreinte autour du cou du jeune homme. Il l'embrassa profondément, passionnément. Soudain, elle se renversa en arrière, l'entraînant dans sa chute, et, au grand étonnement de son compagnon, il sentit une main fébrile qui desserrait la ceinture de son pantalon.

—Prends-moi, murmura-t-elle à son oreille. Prends-moi tout de suite.

—Pardon? bégaya-t-il, croyant avoir mal compris.

Les mains de Leila s'affairaient à ses propres vête-ments. Lorsqu'il vit apparaître son ventre satiné, ses cuisses fermes, il oublia toutes les leçons de Louise Roy et la posséda dans un grand mouvement de passion. Dès qu'il retomba, épuisé, elle le repoussa, se leva et se mit à s'habiller.

—Mais... qu'est-ce que tu fais?

—Viens. Il faut rentrer.

—Rentrer? Comme ça, tout de suite? Prenons le temps de manger le goûter.

Elle consulta sa petite montre diamantée.

—Il est midi et demi. Nous pouvons être de retour à Montréal avant deux heures. Il vaut mieux que j'aille déjeuner avec la famille. J'avais promis à Diana de rentrer de bonne heure.

Pendant qu'elle parlait elle remettait tout en ordre, débranchait le chauffage et se dirigeait vers la porte. Le tout d'une façon désinvolte, comme s'il ne s'était rien passé entre eux.

Déçu, abasourdi, Jean-Pierre la suivit, oubliant le champagne dans le banc de neige. Sur le chemin du retour, elle appuya sa tête au dossier de la banquette et ferma les yeux comme si elle voulait dormir. Toute sa belle assurance démolie, il se dit avec désespoir qu'il ne com-prendrait jamais rien aux femmes.

Une fois devant sa porte, il alla ouvrir la portière. Il l'aida à descendre de la voiture et retint la main de Leila dans la sienne.

—Quand nous reverrons-nous, Leila?

Elle lui décocha un sourire envoûtant. «Téléphone-moi,» dit-elle.

Sur le chemin du retour, le jeune homme repassa dans sa mémoire les événements étonnants de la journée. Quelle femme étrange! Soudain il songea que dans sa folle ardeur, il avait oublié de prendre les précautions d'usage. S'il fallait que Leila devienne enceinte, que dirait Tante Émilia?

Dès le début de la semaine, il l'appela pour l'inviter au cinéma.

—Il m'est difficile de sortir le soir, dit Leila. Je pourrais plus facilement te rencontrer l'après-midi lorsque ma soeur fait la sieste.

—D'accord. Je passerai chez vous demain après-midi. À deux heures, ça te va?

—Mais oui, à demain alors.

Le lendemain, il sécha les cours pour aller la rencontrer. Lorsqu'il lui proposa le cinéma, elle ne parut pas très intéressée.

—Nous pourrions plutôt nous promener dans la campagne, nous rendre jusqu'à Saint-Marc.

La perspective d'une maison non chauffée n'était pas enthousiasmante. Il s'était promis qu'on ne l'y prendrait plus. Mais où pourraient-ils aller?

Il eut une inspiration subite. Pourquoi pas chez lui? Tante Émilia passait la journée à sa boutique. La cuisinière faisait la sieste et n'était pas visible de l'après-midi. La bonne avait l'habitude de sortir une fois son travail terminé.

Tout au long du mois de mars et du début d'avril, ils prirent l'habitude de se réfugier dans la chambre de Jean-Pierre. Pour ce dernier, l'énigme demeurait entière. Leila répondait à son ardeur mais dès qu'il voulait parler de choses sérieuses, elle détournait la conversation.

—Il ne faut pas penser à demain, disait-elle. Vivons pour aujourd'hui. Tu n'es pas heureux?

—Je le serais davantage si je te connaissais un peu mieux, Leila. Pourquoi t'intéresses-tu à moi?

Mais elle, têtue, répétait qu'il suffisait de jouir du temps présent. Il avait tellement peur qu'elle refuse de le voir qu'il n'osait pas insister.

Ce fut au début d'avril que le château de cartes de son bonheur s'écroula.

Lorsqu'il revint de l'université il fut surpris de voir que Tante Émilia, rentrée plus tôt que d'habitude, l'attendait au salon. Sur le guéridon près de son fauteuil se trouvait une enveloppe. Elle lui fit signe de s'asseoir. Quand elle prit la parole, sa voix tremblait.

—J'ai reçu cette lettre aujourd'hui. Il n'est pas facile d'apprendre que j'ai réchauffé une vipère dans mon sein. Malgré toutes tes belles promesses, tu as tout lâché pour suivre la première fille venue. Tiens, lis, dit-elle en lui tendant l'enveloppe.

Le coeur serré, il reconnut le sigle de l'université. Il déplia la lettre. Les mots se brouillaient devant ses yeux, mais il comprit qu'en raison de ses absences trop nombreuses, on ne lui permettrait pas de se présenter aux examens de fin d'année. Il était recalé.

Au cours de l'interrogatoire qui suivit, elle lui arracha toute la vérité. Elle avait d'ailleurs appris par les domestiques qu'il avait été vu à deux reprises sortant de la maison avec une jeune fille.

Tante Émilia se montra inflexible. Elle exigea qu'il lui remît les clefs de sa voiture et lui accorda deux jours pour plier bagage et prendre le train pour Saint-Mathieu retrouver sa mère. Jusqu'à son départ, elle ne lui adressa plus la parole. Pour éviter de le rencontrer, elle avait d'ailleurs ordonné à la cuisinière de servir Jean-Pierre à la cuisine.

Il tenta de rejoindre Leila au téléphone, mais on lui apprit que Diana avait été transportée à l'hôpital d'urgence et que sa soeur y passait tout son temps. Il laissa son nom et son numéro de téléphone, mais elle ne le rappela pas.

Une fois rendu à Saint-Mathieu, il appela René. Ce dernier lui apprit que Diana avait donné naissance à un fils par césarienne et que, dès qu'elle pourrait supporter le voyage, toute la famille, y compris Leila, déménagerait dans la villa de Saint-Marc. D'ici là, ils ne recevaient personne.

# V

En mai, alors que les lilas commençaient à s'ouvrir le long du canal, Rose-Delima reçut enfin au bureau le téléphone qu'elle attendait.

—Je pars pour la Colombie-Britannique, lui dit Donald. Je descends à Ottawa cet après-midi et il me faut être à bord du train à minuit dix. Nous aurons la soirée.

—Je t'attendrai chez moi, dit-elle, lui répétant l'adresse.

Elle se dirigea vers le bureau de M. Baines. Il lui faudrait, hélas, conter un mensonge à l'excellent homme. Elle avait vite compris, depuis qu'elle oeuvrait dans la fonction publique, qu'il y avait des règlements administratifs auxquels on devait en apparence se conformer sous peine de causer les plus graves ennuis. Si le motif invoqué pour justifier une action quelconque, ne figurait pas dans une section ou sous-section de ces règlements, la perturbation risquait, telle une pierre lancée dans une mare, de se propager en cercles concentriques jusqu'aux plus hauts échelons. Six mois plus tard on retrouvait dans son dossier une note avec blâme à qui l'avait autorisé. Mieux valait couper au plus court.

—Je viens de me souvenir que j'avais rendez-vous chez le dentiste. Vous permettez que je quitte mon travail maintenant?

—Mais oui, allez, allez.

—C'est pour une extraction. Je ne crois pas pouvoir revenir cet après-midi.

—Je comprends. Prenez tout le temps qu'il vous faudra, dit-il avec sollicitude.

Elle courut chez elle préparer les mets favoris de Donald pour le repas du soir. Depuis quelques semaines,

elle conservait soigneusement ses coupons de rationne-
ment de sucre et de viande justement pour cette occasion.
Elle mit le couvert sur la table de bridge qui, avec le divan-
lit, un réchaud électrique et deux chaises, constituait l'ensemble de son mobilier. Puis elle enfila la robe neuve
qu'elle s'était achetée en prévision d'une pareille visite, et
se posta près de la fenêtre.

Lorsqu'enfin la voiture s'arrêta devant la porte, elle
descendit sur le perron pour l'embrasser. En se retournant
pour précéder Donald dans l'escalier, elle aperçut, derrière
la vitre de la porte de ses logeuses, un visage désapproba-
teur qui l'observait.

—Montons. Je t'ai préparé à souper. À quelle heure
faut-il que tu sois à la gare?

—À minuit moins quart.

Elle consulta sa montre. Ils auraient exactement six
heures ensemble.

Donald dût courber la tête pour pénétrer dans la
chambre mansardée.

—Dis donc, ce n'est pas bien grand chez toi.

—Tel que tu le vois, je suis bien chanceuse de l'avoir
trouvé. Tu n'as pas idée comme il est difficile de se loger à
Ottawa.

La soirée passa comme un rêve. L'avoir là, bien à elle,
pouvoir se blottir dans ses bras, ne l'avait-elle pas assez de
fois rêvé?

Quand arriva l'heure du départ, vu la douceur de
cette soirée de printemps, ils décidèrent de marcher en suivant l'allée qui longeait le canal. Les massifs de lilas qui la
bordaient exhalaient leur parfum dans la nuit tiède. Presque chaque banc était occupé par un militaire enlaçant sa
belle.

Rose-Delima l'écoutait parler de l'entraînement de
commando qui l'attendait là-bas, en Colombie-
Britannique, des camarades qui avaient été désignés ou
refusés pour le cours, mais elle n'avait conscience que de la
main chaude qui tenait la sienne, et des minutes qui s'écou-
laient comme l'eau qui fuit. Elle eut assez de force pour

contenir ses larmes jusqu'à ce qu'il eut disparu derrière la grille fermant l'accès au quai de la gare.

Elle les laissa couler librement alors qu'elle marchait le long de la rue Elgin pour rentrer chez elle. Les passants ne se retournaient pas, habitués qu'ils étaient de voir pleurer les femmes en ces temps de départs déchirants vers les champs de bataille de l'Europe.

En ouvrant la porte de l'appartement, elle s'arrêta sur le seuil, figée. Assises sur le divan-lit défait, en robe de nuit et cheveux gris en papillottes, ses deux logeuses l'attendaient.

—Nous vous avions avertie que nous ne tolérerions pas de comportement contraire à la morale et à la décence, dit sévèrement la plus âgée.

—Vous avez fait d'une maison respectable un lieu de débauche, glapit la cadette.

—Il semble qu'aucun vice ne vous est étranger, renchérit l'aînée indiquant la bouteille de vin vide et les deux verres sur la table de bridge.

—Et les voisins qui ont vu sortir un homme de notre maison à une heure pareille, se lamenta l'autre, que vont-ils penser? C'est assez pour porter atteinte à notre réputation.

Appuyée au chambranle de la porte, Rose-Delima laissait l'orage s'abattre sur sa tête.

—Vous mériteriez qu'on vous jette à la rue ce soir-même comme la vulgaire prostituée que vous êtes. Mais nous sommes de bonnes chrétiennes, nous. Demain, vous ferez vos bagages et vous quitterez cette maison, vous m'entendez?

—Et pas une minute de plus!

Elles finirent par partir. Comme un automate, la jeune fille se déshabilla et enfouit son visage dans l'oreiller qui conservait encore l'odeur des cheveux de Donald. Elle finit par s'endormir.

Le lendemain, elle appela son amie Lise Chayer et la mit au courant de l'affaire. Lise éclata de rire.

—Je commence à m'inquiéter pour ma réputation, moi aussi. Après tout, héberger une personne qui se fait mettre à la porte partout pour question de moeurs... Bien sûr, grande nigaude, viens-t'en.

Cette fois-ci, elle ne put trouver qu'une chambre meublée avec petit déjeuner.

Son frère Germain avait acheté l'ancienne maison d'été des Gray, les riches parents adoptifs de Donald. Rose-Delima en profita pour aller y passer ses trois semaines de vacances.

Un joyeux groupe se trouvait au Lac des Roseaux. Alma, leur mère et Bernadette, sa soeur cadette, y passaient l'été avec les enfants de Germain. Georgette, la femme de Germain, ainsi que sa soeur Mina et son mari Raoul avec leur nombreuse progéniture, étaient de fréquents visiteurs. Même Albert, le frère prêtre, maintenant vicaire à Rouyn, vint passer quelques jours.

Sans l'anxiété de savoir Paul là-bas, en Angleterre, exposé aux bombardements, Alma, la matriarche, aurait été pleinement heureuse avec ses enfants autour d'elle.

Rose-Delima entreprenait de grandes randonnées à pied à la recherche de fraises sauvages, aimant s'isoler dans la nature, sous le soleil chaud de ce début d'été, où seuls le chant des oiseaux et le bourdonnement des insectes en rompaient le silence. Elle se levait tôt le matin et, avec la vieille chaloupe qui avait navigué sur Bazil's Creek, elle partait dans la brume dorée qui flottait à la surface des eaux calmes du lac. En suivant le rivage elle se rendait jusqu'à l'île qui avait été le berceau de ses amours avec Donald. Elle avait tenté de retrouver le sentier qui menait de la route à la plage isolée où ils se rendaient en pique-nique, mais déjà les herbes folles et les arbustes oblitéraient presque les traces laissées par sa voiture.

Elle se disait que le bon vieux Lamartine avait raison, lui qui s'y connaissait en languissement: «Un seul être vous manque et tout est dépeuplé.»

Germain avait remarqué le vague à l'âme de sa soeur.

—Tu l'as revu? lui demanda-t-il un jour alors que, perdue dans ses pensées, elle fixait mélancoliquement le large.

—Oui.

—Et tu l'aimes encore?

—Plus que jamais.

Il eut envie d'ajouter: «Et lui, est-ce qu'il t'aime? Fait-il des projets d'avenir en ce qui te concerne?» Il était d'avis que sa mère avait raison quand elle disait que cet attachement ne donnerait rien qui vaille.

«Pauvre Rose-Delima, songea-t-il mélancoliquement, rien ne servait de l'attrister inutilement. Lui, mieux que tout autre, pouvait comprendre qu'on puisse continuer à aimer, même sans espoir.»

# VI

La mère de Jean-Pierre s'étonna de le voir revenir si tôt à Saint-Mathieu. Il n'eut pas le courage de lui raconter ce qui était arrivé, lui laissant plutôt entendre qu'il avait obtenu tellement de bons points qu'il n'avait pas eu à écrire les examens.

Il ne cessait de penser à Leila.

En y réfléchissant bien, il lui apparut que la seule solution serait de se trouver un emploi aussi près que possible de Saint-Marc, car il avait grand besoin d'argent depuis qu'il ne recevait plus l'allocation de Tante Émilia. Et puis, un tel emploi lui permettrait de rendre visite aux Karam de temps à autre.

La chance lui sourit bientôt: il obtint un poste de commis-adjoint et homme à tout faire dans une petite auberge de montagne, à deux milles environ du lac Saint-Marc.

Dès que René confirma que les Karam avaient emménagé dans leur résidence d'été, Jean-Pierre s'y présenta, muni d'un petit cadeau pour l'enfant et d'une gerbe de fleurs pour la mère. La villa lui apparut plus grande encore que celle de la famille de Leila. On y arrivait par un chemin qui serpentait à travers un grand parc entouré d'une clôture. Autour de la maison, il y avait plusieurs dépendances, un tennis et un jeu de croquet.

Une bonne en uniforme lui ouvrit la porte et alla avertir Nadim. Celui-ci arriva bientôt, un large sourire aux lèvres.

—Jean-Pierre! Quelle bonne idée tu as eue de venir nous voir, s'exclama-t-il en lui serrant la main. Entre! Viens voir Diana et faire connaissance avec mon fils, Mikhael.

Il le suivit à travers le salon jusqu'à une grande véranda grillagée faisant face au lac. Diana était étendue sur une chaise longue. À côté d'elle, dans un moïse enrubanné, un poupon dormait avec la sérénité des tout petits. Tandis qu'il félicitait les heureux parents et admirait le bébé, ses yeux cherchaient Leila. Il l'aperçut, assise dans un fauteuil rustique près du quai, absorbée dans un livre.

Aux questions de Nadim il répondit qu'il s'était trouvé du travail dans les environs pour la période des vacances, puis dès qu'il put décemment le faire, il s'excusa et sortit pour aller saluer Leila.

Elle l'accueillit sans sourire, levant les yeux distraitement. Lorsqu'il la pressa de lui accorder un rendez-vous, elle lui répondit que sa soeur était restée très faible et qu'elle devait s'occuper de l'enfant. Puis elle consulta sa montre et se leva en déclarant qu'il était l'heure de faire boire le petit. Tandis qu'il marchait avec elle vers la maison, il la supplia de ne pas le repousser ainsi.

—Je croyais que tu étais heureuse lors de nos rencontres et que tu m'aimais un peu. Moi, je t'aime tant. Ne pourrions-nous pas nous rencontrer quelque part?

Elle le fixa de ce regard qu'il avait appris à qualifier de spéculatif.

—Soit, dit-elle. Mardi prochain ma soeur doit retourner à Montréal voir son médecin. Viens aux Cèdres vers onze heures du matin. J'y serai.

Quand il prit congé de Nadim et de Diana, Nadim vint le reconduire jusqu'à la route.

—J'espère que tu viendras aussi souvent que tu pourras, dit-il. Cela distraira Diana et j'aurai un partenaire pour le tennis.

—Crois-moi, mon vieux, je serai heureux de profiter de ton invitation.

—Ma femme m'inquiète, continua Nadim. D'après les médecins, le physique va bien, mais elle reste languissante. Il paraît que certaines femmes souffrent de dépression après la naissance d'un enfant. Il lui faut du repos et de la distraction. René a promis de venir s'installer ici pour le reste des vacances. Nous retrouverons notre trio.

Il remercia Nadim de son invitation et l'assura qu'il serait heureux de venir. Intérieurement il se dit que la chance lui souriait. Il ne restait plus qu'à attendre le mardi.

Ce jour-là, il allégua des courses à faire pour un pensionnaire de l'hôtel et courut à la villa des Mokaish. La maison était silencieuse et paraissait déserte. Lorsqu'il frappa, personne ne répondit. Il commençait à croire que Leila n'était pas venue lorsque la porte s'ouvrit et qu'elle parut sur le seuil. Il put enfin étreindre cette femme pour qui il avait tout perdu et la porter dans ses bras, le long du grand escalier, à la façon de Rhett Butler avec Scarlet O'Hara. Ce devait être, hélas, la fin de son rêve car il n'obtint pas d'autres rendez-vous.

Il continua de fréquenter la villa des Karam, jouant au tennis avec Nadim et René, au croquet avec Diana et Leila, mais il était visible que cette dernière le fuyait. Jamais il ne parvenait à lui parler seul à seule. Même s'il y avait une bonne d'enfant tout exprès pour s'occuper du petit, Leila, plus souvent qu'autrement, s'en occupait elle-même avec un dévouement peu ordinaire.

Jean-Pierre souffrait et se torturait à se demander quel jeu elle jouait.

Le temps chaud était arrivé et chacun était heureux de chercher un peu de fraîcheur dans les eaux limpides du lac. La première fois que Jean-Pierre vit Diana évoluer dans l'eau, il se dit qu'il n'avait jamais rien vu d'aussi gracieux. En vraie fille de Neptune, elle se jouait de l'onde, se déplaçant sans effort apparent. Ce n'est qu'alors qu'on la voyait rire et se mêler aux jeux de ses compagnons.

Le petit Mikhael avait maintenant trois mois. Il croissait et se développait à vue d'oeil, gazouillant et faisant la risette à son entourage. Leila s'en occupait avec un soin jaloux. Plus tard, Jean-Pierre se souviendrait d'un après-midi où Diana, ayant pris le petit dans ses bras, descendait vers la plage tout en le berçant de mots doux. Leila l'avait suivie d'un oeil réprobateur et, la voyant trébucher sur une aspérité du sentier, avait couru lui arracher le bébé des bras.

—Tu aurais pu le blesser en tombant, lui avait-elle dit d'un ton de reproche. Allons, viens te reposer.

Elle l'avait accompagnée jusqu'à sa chaise longue et l'avait presque forcée à s'y allonger.

Aussi, aux yeux jaloux de Jean-Pierre, Leila semblait manifester une sollicitude inhabituelle envers son entourage, envers tout le monde excepté lui, pour qui elle demeurait distante et froidement polie.

Les choses en étaient là lorsque Nadim proposa d'organiser une danse le samedi suivant. On inviterait des jeunes gens des chalets voisins et des amis de Montréal, dit-il.

Jean-Pierre en fut fort heureux. Leila, qui se montrait si habile à éviter les tête-à-tête, ne pourrait guère lui refuser une danse. Elle serait bien obligée de l'écouter lorsqu'il la tiendrait dans ses bras. Pour éviter d'avoir à quitter le bal à minuit comme Cendrillon puisqu'il travaillait à la réception de l'hôtel de minuit à huit heures du matin, il persuada le commis principal de prendre sa place, quitte à ce qu'il le remplace dans ses fonctions tout le week-end suivant.

Lorsqu'il se présenta à la villa, plusieurs voitures étaient déjà arrivées. Les musiciens accordaient leurs instruments et les traiteurs s'affairaient aux derniers préparatifs du buffet. Nadim et René s'entretenaient avec les invités sur la terrasse. Il se joignit au groupe tout en guettant l'apparition de Diana et de Leila.

Enfin, il les vit descendre le grand escalier. La musique commença et Leila se dirigea tout droit vers René qu'elle entraîna sur la piste tandis que Nadim dansait avec Diana. De son coin, il observait le visage animé de Leila. Que n'aurait-il pas donné pour que ce sourire s'adressât à lui plutôt qu'à René! Il se rapprocha, guettant la fin de la danse pour la happer au passage. Lorsque la musique se tut, elle se mit à parler avec Diana qui s'éloigna bientôt tandis que Leila, accrochée à Nadim, attendait que recommence la musique. Cette fois-ci, il se dit qu'il la tenait. Avant même que les musiciens ne cessent de jouer, il mit la main sur l'épaule de son ami.

—Dis donc, vieux, tu me la prêtes pour la prochaine danse?

—Volontiers, dit Nadim en riant, d'autant plus que je dois m'occuper de Diana. Elle me semble particulièrement fatiguée ce soir, ajouta-t-il avant de s'éloigner.

Jean-Pierre regarda Leila. Elle avait son visage fermé, absent, et évitait de le regarder. La musique reprit. Il l'enlaça. Elle dansait comme un automate.

—Pourquoi me fuir, Leila? Si j'ai fait quelque chose pour te déplaire, je t'en demande pardon.

—Mais non, ce n'est pas ça. Je suis occupée, c'est tout. Je dois veiller sur ma soeur qui n'est pas bien du tout, et sur le petit.

—Vraiment? Je ne la croyais pas si mal. Elle paraissait bien s'amuser la fin de semaine dernière alors que nous avons joué au polo dans le lac.

—Oui, mais ça ne dure pas. Elle retombe tout de suite après. Elle a des réactions tellement bizarres que je n'ose la laisser s'occuper du bébé.

—Tu es bonne, Leila, mais Diana a tout de même un mari pour s'occuper d'elle et le bébé a une bonne d'enfant. Ne pouvons-nous pas songer un peu à nous?

—Il n'y a pas de nous, dit-elle sèchement.

—Mais je t'aime, et tu paraissais bien m'aimer un peu...

—Je n'aimerai jamais qu'un homme qui puisse me donner un enfant. Et tu n'as pas pu m'en donner.

Jean-Pierre s'arrêta, frappé de stupeur. Elle l'accusait, lui, de ne pas lui avoir fait d'enfant! Il se souvint qu'au début de leur liaison, elle avait refusé qu'il prenne les précautions élémentaires. Il avait accepté, se disant que les femmes de New York avaient probablement des moyens qu'il ne connaissait pas.

Lorsqu'il reprit ses sens, Leila avait disparu. Bouleversé, il sortit et se dirigea vers la grève où il marcha longtemps. Lorsqu'il revint à la maison, Leila n'était pas là. L'idée lui vint tout à coup qu'elle avait peut-être déjà jeté son dévolu sur un rival. La jalousie le mordit au coeur. Il voulait savoir. Lorsqu'il se fut assuré qu'elle n'était pas dans la maison—à moins qu'elle ne fût montée à sa chambre, ce qui était peu probable—il se dit qu'elle était à l'extérieur, certainement avec quelqu'un, et qu'alors, il la trouverait.

Il se mit à chercher aux alentours de la maison avec des précautions de chasseur d'orignal, mais en vain. Il eut beau inspecter la remise, le pavillon qui servait de maison d'invités, même la hutte où le jardinier rangeait son matériel, il n'y avait personne. À tout hasard, il descendit au bord du lac et se mit à marcher sur la grève. Il y avait, ici et là, des couples qui cherchaient à s'isoler, mais aucune des femmes ne portait une robe rayée vert et blanc comme celle de Leila.

Soudain, tout fut clair dans son esprit. Pourquoi n'y avait-il pas pensé plus tôt? Elle avait certainement amené son compagnon aux Cèdres, dans la maison où il l'avait aimée la première fois et où, il y avait à peine un mois...

Il se mit à courir comme un fou dans le sentier qui y conduisait. Comme il approchait de la villa, il entendit des craquements dans les broussailes, comme si un petit animal fuyait, mais il n'y porta pas attention. Aucune lueur ne brillait dans la maison. Seule la pleine lune baignait le paysage de sa clarté tranquille.

Silencieusement il enjamba la terrasse et s'approcha de la porte. En mettant les mains autour de ses yeux et en collant le nez sur la vitre, il voyait assez bien l'intérieur, illuminé par les rayons de la lune qui pénétraient par les grandes baies. Il aperçut deux personnes enlacées sur le canapé. C'était bien la robe de Leila mais il ne pouvait distinguer son compagnon.

Il se dit qu'ils n'avaient probablement pas refermé à clef la porte d'entrée. Sans faire de bruit, il s'y dirigea et tourna la poignée avec d'infinies précautions. Elle s'entr'ouvrit, tournant silencieusement sur ses gonds bien huilés. Il avança la tête et entendit la voix de Leila qui disait: «Nadim, Nadim, je t'ai toujours aimé, tu le sais bien. Tu n'as pas oublié, quand nous étions adolescents. Ils m'ont envoyée en France pour nous séparer. C'est moi que tu aurais dû épouser, pas Diana.»

Puis Nadim, dont la voix pâteuse trahissait l'ivresse, qui protestait mollement: «Mais non, Leila, faut pas parler comme ça...»

Il y eut un moment de silence. Elle devait l'embrasser, la garce. La voix de Leila reprit: «Elle ne peut pas t'aimer comme moi. Ça fait combien longtemps que tu n'as pas fait l'amour, Nadim? Les médecins disent qu'elle est guérie, mais elle ne peut même pas prendre soin du bébé.» De nouveau, le silence. Puis la voix de Leila qui disait, comme elle le lui avait dit: «Prends-moi, Nadim...»

Jean-Pierre ne put en supporter davantage. Sans refermer la porte il s'enfuit, ne se souciant pas qu'ils entendent le bruit de ses pas qui s'éloignaient. Comme il arrivait à la villa, il rencontra René.

—As-tu vu Nadim, Diana, Leila? Brusquement, ils ont tous disparu. Les gens s'en vont et il n'y a personne...

Puis René aperçut le visage de Jean-Pierre. «Qu'est-ce qui t'arrive? Qu'est-ce que t'as?»

Celui-ci secoua la tête. Il ne pouvait pas parler. René mit un bras fraternel autour des épaules de son ami, le conduisit au pavillon où il avait sa chambre et le fit asseoir.

—C'est Leila, n'est-ce pas? Tu t'es laissé prendre, toi aussi?

Jean-Pierre leva la tête. «Qu'est-ce que tu veux dire, toi aussi?»

—Voyons, tu ne crois tout de même pas que tu es le premier amant de Leila? Elle est très belle. D'autres papillons ont tourné autour de cette flamme et se sont brûlé les ailes.

—Tu sais ce qu'elle m'a jeté à la figure? dit Jean-Pierre en se levant et en arpentant la chambre. Je te le donne en mille. Elle me reproche de ne pas lui avoir fait d'enfant! Elle m'a déclaré qu'elle n'aimerait jamais qu'un homme qui lui ferait un enfant.

René le prit par le bras et le fit asseoir de nouveau.

—Je suppose que tu as pris ça comme un affront à ta virilité?

—Comment veux-tu que je le prenne? Comment le prendrais-tu, toi?

—Eh bien, si c'était Leila qui me le disait, je lui répondrais que c'est là un bonheur qu'aucun homme ne pourra jamais lui procurer.

—Que veux-tu dire?

—Bon, autant te raconter l'histoire. Tu sais, il ne faut pas trop lui en vouloir. Elle a eu une expérience malheureuse qui l'a marquée. Quand elle était étudiante à Paris, elle est tombée amoureuse d'un homme marié. Lorsqu'elle est devenue enceinte, comme il ne voulait pas de complications, il l'a fait avorter, mais si mal qu'elle a failli en mourir. Depuis, les médecins disent qu'elle ne pourra jamais avoir d'enfant. Leila refuse de les croire. Tu ne peux pas savoir ce que signifie pour une femme arabe de ne pas avoir d'enfant.

Des pas précipités résonnèrent dans le pavillon. La porte s'ouvrit avec fracas et Nadim parut sur le seuil, en proie à une agitation extrême.

—Diana... Avez-vous vu Diana?

—Mais non, dit René. Elle n'est pas dans la maison?

—Elle n'est nulle part, ni dans sa chambre, ni ailleurs dans la maison, ni dehors.

—Et le bébé?

—Dans son berceau.

—Alors, dit René, ne t'inquiète pas. Elle ne peut pas être allée loin. Une simple promenade, peut-être. Elle se sera sentie fatiguée et elle s'est arrêtée quelque part. On va la voir revenir bientôt.

—Tu ne comprends pas, cria Nadim. Personne ne l'a vue depuis plus d'une heure. Elle ne peut pas se promener si longtemps dans la nuit. Il doit lui être arrivé quelque chose.

René, qui était le seul à penser clairement, organisa une battue. Chacun, muni d'une torche électrique, prit une direction différente: Nadim vers la gauche en suivant la grève, René empruntant la route qui menait au grand chemin. Jean-Pierre prit le sentier qui menait aux Cèdres.

Il marcha lentement, s'arrêtant de temps à autre pour appeler Diana, pour écouter, pour tenter de déceler un bruit révélateur d'une présence humaine. Seul parvenait à ses oreilles le clapotis des vagues qui venaient mourir sur la grève. Pour la seconde fois en cette soirée fatidique, il se retrouva devant la grande porte de la villa. La poignée céda sous sa main et la porte s'ouvrit. Il promena les rayons de sa torche autour de la pièce et jusque sur le canapé où il avait vu Leila et Nadim. Il n'y avait rien d'insolite, à croire qu'il avait rêvé tout l'épisode. Un examen complet de la maison ne découvrit aucun indice. Manifestement, Diana n'était pas là.

Il revenait vers la maison des Karam lorsqu'il se souvint du bruit léger qu'il avait entendu dans les buissons, juste à la limite du parterre. Il se dirigea vers cet endroit et examina chaque pouce de terrain. L'été avait été sec et le sol ne retenait guère de traces. Pourtant, en cherchant bien, il trouva l'empreinte d'un soulier de femme dans une petite dépression, vit des plantes piétinées. La piste le ramena au sentier.

Tout de suite il sut que c'était Diana qui avait séjourné là. Elle avait dû filer Nadim et Leila jusqu'aux Cèdres et, comme lui, n'ayant pu supporter de les voir ensemble, elle avait pris le chemin du retour. L'entendant venir, elle s'était cachée dans les buissons pour ne pas le rencontrer.

En arrivant à la maison, il rencontra Nadim et René qui revenaient bredouilles. Il ne mentionna rien de ce qu'il avait vu. Comment pouvait-il dire à Nadim que sa femme l'avait suivi et qu'elle avait été témoin de ses ébats amoureux? De toute façon, la trace de ses pas indiquait qu'elle était revenue à la maison. Il ne servait à rien d'orienter les recherches de ce côté-là.

D'un commun accord ils se dirigèrent vers le lac. Le canot automobile, la chaloupe, le canoë étaient à leur place habituelle. Elle n'avait donc pas pris d'embarcation. Une nageuse aussi habile qu'elle avait pu nager jusqu'à une rive lointaine puis s'être trouvée trop fatiguée pour revenir. Le soleil pointait à l'horizon lorsqu'ils partirent dans le canot automobile. Ils fouillèrent chaque baie, chaque pointe de rocher, débarquèrent sur les îles. Diana demeurait introuvable.

De retour à la villa, Nadim leur dit qu'il allait alerter la police.

—Allez vous reposer, leur dit-il. Je vais les attendre.

À cinq heures de l'après-midi, les grappins de la police rencontrèrent le corps de Diana à environ un mille du rivage. Jean-Pierre apprit la nouvelle à l'hôtel où il avait dû reprendre le service.

Le lendemain, il téléphona à René et lui demanda s'il pouvait l'accompagner au salon funéraire. Ils convinrent de s'y rencontrer vers sept heures.

Lorsqu'ils y pénétrèrent, Jean-Pierre fut content d'avoir René comme guide car il lui semblait avoir été soudain transporté en terre étrangère. Les personnes présentes semblaient toutes parler l'arabe entre elles. Diana dormait dans son cercueil, revêtue de sa robe de mariée. Nadim se tenait debout près d'elle. Jean-Pierre lui serra la main en murmurant les paroles d'usage. Nadim s'inclina silencieusement.

Il suivit René jusqu'à un petit salon attenant d'où parvenaient de lugubres modulations coupées de temps à autre de cris déchirants. Il s'arrêta sur le seuil, paralysé d'horreur.

Les cheveux épars, le visage défiguré de balafres sanglantes, Leila était assise dans un fauteuil, entourée de femmes qui lui retenaient les mains pour l'empêcher de s'infliger d'autres blessures. De temps à autre, elle levait les yeux au ciel et de sa bouche sortait cette plainte lugubre et poignante des pleureuses, transmise de temps immémoriaux au fond des déserts d'Arabie.

Jean-Pierre n'osa s'approcher d'elle.

—Viens, lui dit René, nous allons prendre place pour les discours.

Le silence tomba sur l'assemblée. Nadim prit la main inerte de Diana dans la sienne, et s'adressant directement à la morte, se mit à lui parler en arabe d'un ton suppliant. René traduisait à voix basse pour son ami.

—Il lui dit: Ne me quitte pas. Vois, ton fils pleure et réclame sa mère. Ton mari ne connaîtra plus jamais la douceur de ta présence et l'amour de ton coeur. Reviens, ma biche, mon agnelle...

Ce discours pathétique marqué de l'accent du Cantique des cantiques, ponctué des cris modulés de Leila, fut plus que le jeune homme ne put en supporter. Il chuchota à René qu'il lui fallait partir et sortit dans la nuit chaude et moite. Longtemps il marcha dans les rues de la ville en songeant à Leila. Il aurait voulu la prendre dans ses bras, la consoler.

Le lendemain des funérailles, il téléphona à la résidence des Karam et demanda à parler à Leila. On lui répondit qu'elle était souffrante et ne pouvait venir au téléphone. Il demanda que son message lui fut transmis et lui fit porter une gerbe de roses. Il ne reçut même pas un mot de remerciement.

Deux jours plus tard, il téléphona de nouveau.

—Mademoiselle Leila est rentrée à New York, lui répondit la bonne.

Ce fut René qui lui raconta ce qui était arrivé.

Après la mort de Diana, Leila avait voulu, comme d'habitude, s'occuper du petit Mikhail. Elle avait trouvé la porte de la chambre d'enfant gardée par une nounou costaude qui avait pour mission de l'empêcher d'entrer. Elle avait couru chez Nadim. Il s'était montré inflexible. Elle avait eu beau crier, pleurer, supplier, il lui avait dit froidement qu'elle devait quitter les lieux le plus tôt possible et que jamais elle ne reverrait son neveu.

Jean-Pierre n'avait certes pas les moyens de la suivre à New York, même si elle avait accepté de le revoir.

Il retourna à Saint-Marc remettre sa démission à son patron puis il se rendit au bureau de recrutement le plus près et signa son engagement dans les forces armées actives.

# VII

En cet hiver 1942, la famille Marchessault, comme toutes celles dont les fils étaient outre-mer, guettait le courrier.

Quand arrivaient les lettres de Paul, vu la loi de la sécurité en temps de guerre, elles ne contenaient pas beaucoup de détails sur sa vie quotidienne. Il avait reçu le dernier colis. Les chaussettes et les chandails de laine tricotés à la main avaient été particulièrement appréciés, ainsi que les sachets de soupe au poulet. Il faisait froid dans ce pays qui semblait ignorer le chauffage central. À sa dernière permission, il était allé à Londres. Voilà une ville qu'il aimerait bien visiter une fois cette guerre finie. En attendant, on s'entraînait et on attendait les Allemands de pied ferme.

À sa mère qui s'inquiétait, Germain disait:

—Il est bien chanceux d'avoir été envoyé en Angleterre. Voyez cette pauvre Madame Spooner, votre voisine. La veille du Jour de l'An elle a reçu un télégramme lui apprenant que son fils avait été tué à Hong Kong.

—Je sais, répondait sa mère. J'espère que la Sainte Vierge le protégera.

Et elle se rendait à l'église allumer un autre lampion.

Rose-Delima, pour sa part, s'inquiétait non seulement de son frère Paul, mais aussi de Donald qui achèverait bientôt son entraînement de commando en Colombie-Britannique.

Vers la fin juin, on reçut une lettre de Paul disant que son régiment avait changé d'endroit, qu'il prenait part à des manoeuvres intensives, et de ne pas s'inquiéter car il ne pourrait écrire aussi souvent.

Puis ce fut le silence.

En cet après-midi du 20 août, un employé de l'hôtel vint, comme il le faisait chaque jour, porter le courrier au bureau de Germain. Comme d'habitude celui-ci s'empara d'abord du journal, celui de la veille, forcément, puisqu'il était transporté par le train.

*Est-ce l'ouverture du 2e front?* proclamait la manchette. Et en sous-titre: *10,000 de nos commandos à l'attaque.*

Inquiet, il se mit à lire l'article:

*Un terrible raid par les troupes alliées a frappé les côtes de France, plus précisément, Dieppe. Ce fut un réel succès puisqu'on rapporte qu'elles ont atteint leurs objectifs, soit, la destruction d'une batterie d'artillerie et d'un dépôt de munitions. Les premières unités ayant pris part à cet engagement sont revenues à leur base cet après-midi. Radio-Berlin prétend avoir annihilé les troupes alliées, et avoir fait plus de 1,500 prisonniers, dont 60 officiers canadiens. Londres, cependant, rapporte que les pertes des Alliés s'élèvent à moins de cent hommes.*

Il commençait à lire un autre article intitulé: *Les Russes ont trouvé l'espoir en Dieppe* lorsque le téléphone sonna.

Il allongea le bras pour décrocher le récepteur. Toute sa vie il se souviendrait de ce geste avec une clarté hallucinante, pareil à ces tableaux que présente un film qui s'arrête soudain et fige sur l'écran un moment dans la vie des personnages. Plus tard il se souviendrait que quelques moments auparavant, il s'était félicité de l'augmentation du chiffre d'affaires de son établissement et qu'il s'était dit que lorsque Paul reviendrait, ils auraient du capital pour amorcer l'expansion. Puis la sonnerie du téléphone s'était fait entendre et désormais rien ne serait jamais pareil.

—Germain! cria sa soeur Bernadette, viens, maman se trouve mal!

—Quoi? Qu'est-ce qu'il y a?

Il y eut un silence, puis un bruit de sanglots.

Fou d'inquiétude, il avait couru à sa voiture et conduit à toute vitesse jusqu'au bungalow que sa mère habitait. En entrant il la vit étendue sur le divan.

—C'est une syncope? Tu as appelé le médecin?

Bernadette tourna vers lui un visage ruisselant de larmes. D'un geste elle lui indiqua le télégramme sur la table:

—Lis.

Les lettres mauves se détachaient sur le papier jaune avec une clarté terrible: *The Minister of National Defence regrets to inform you that Lance-Corporal Paul Marchessault has been killed in action on August 19, 1942 at Dieppe, France.*

Plus tard dans la soirée il se dit qu'il fallait avertir Rose-Delima. Dès qu'elle entendit sa voix au téléphone, elle s'inquiéta.

—C'est maman?

Un silence, puis: «Non, c'est Paul.»

—Paul! Il est blessé?

—...

—Germain! Tu ne veux pas dire qu'il a été...

—Oui.

Ce soir-là et dans les jours qui suivirent, plus de deux mille sept cent familles à travers le pays devaient recevoir cette fatidique communication du ministre de la Défense nationale leur apprenant que leur fils—ou mari, ou père— avait été tué, blessé, capturé, ou tout simplement, avait disparu, lors de cet engagement dont jamais ne s'effacerait le souvenir.

# VIII

Donald étant fort mauvais correspondant (elle ne se rappelait pas qu'il lui eût jamais écrit), ce fut par les lettres de Tante Rose que Rose-Delima put savoir ce qui lui arrivait.

Une fois terminé son entraînement de commando en Colombie-Britannique, l'officier commandant l'avait convoqué pour lui dire qu'il avait obtenu les plus hauts points de sa promotion, et que, vu qu'il parlait le français, on le garderait comme instructeur puisqu'on attendait un groupe du Québec.

Ce ne fut qu'après l'invasion de la Normandie, le 6 juin 1944, que fut démantelée l'école des commandos. Désormais, on n'avait plus besoin de sujets à parachuter en arrière des lignes ennemies, mais plutôt de recrues pour renforcer les régiments décimés. Donald fut donc envoyé en Angleterre puis alla rejoindre les troupes qui combattaient en Hollande.

Rose-Delima devint sa marraine de guerre, lui envoyant périodiquement des colis contenant des friandises, des vêtements chauds. Elle reçut même quelques lettres qu'elle conservait précieusement bien qu'elles fussent assez difficiles à lire, le censeur ayant découpé tous les noms géographiques ou de personnes pour protéger les secrets de guerre, ce qui donnait à peu près ceci: «Suis monté jusqu'à.....pour y acheter de l'alcool. Monsieur..... un.....très sympathique m'a dit que ce ne serait pas buvable. Je lui ai répondu que nous ne pouvions pas attendre. À mon retour, j'ai été fêté par tout le régiment. La semaine prochaine je me rendrai jusqu'à.....Je m'entends très bien avec les populations libérées et les......sont on ne peut plus gentils.»

\* \* \*

Depuis plusieurs jours, les journaux ne parlaient que de la fin prochaine des hostilités en Europe. Lorsqu'enfin la radio propagea la nouvelle en ville, ce fut un débordement de joie. Tous les bureaux d'Ottawa cessèrent immédiatement de fonctionner et les employés se répandirent dans les rues, chantant, dansant, embrassant les passants. Dans les bureaux du gouvernement, les fenêtres s'ouvraient et les fonctionnaires déversaient sur la tête des passants des serpentins faits de papier hygiénique, de formulaires en série, de tout ce qui leur tombait sous la main. La brise légère de ce matin ensoleillé du 8 mai faisait voltiger cette pluie de papier comme un vol de colombes de la paix.

La première pensée de Rose-Delima fut: «Donald reviendra bientôt». Puis elle se sentit coupable d'avoir oublié Paul qui, lui, ne reviendrait plus.

Ses compagnons et compagnes de bureau l'entraînèrent dans une folle sarabande le long des corridors et jusque dans la rue. Le chauffeur du ministre arrivait justement au volant de la limousine décapotable de ce dignitaire. On s'empila à bord et on se mit à circuler par les rues de la ville, lançant des confettis et chantant à tue-tête. Aujourd'hui, il n'y avait ni patrons, ni employés, plus de gouvernants ni de gouvernés, seulement des coeurs joyeux qui célébraient la fin de ce sanglant cauchemar.

Quand tomba l'obscurité, il y eut des feux d'artifices et des processions aux flambeaux. Des rassemblements improvisés de musiciens et d'orchestres remplissaient l'air de joyeuse musique. Devant le Parlement, dans les rues Rideau et Wellington jonchées de débris, on dansa toute la nuit.

Puis, le lendemain, chacun se rendit compte que la guerre n'était pas vraiment finie. Les combats avaient cessé en Europe; dans le Pacifique, la tuerie continuait. Quand même, on se sentait le vent dans les voiles. Il n'était pas possible que le Japon tînt encore longtemps, se disait-on pour se rassurer.

Après plusieurs semaines, Rose-Delima reçut une lettre de Donald. Il avait été désigné pour faire partie des troupes d'occupation de l'Allemagne, mais il s'attendait quand même d'être de retour au pays d'ici trois mois. Il la remerciait des colis qu'elle lui avait expédiés. En revenant, disait-il, le plus pressé serait de finir son cours de droit et de passer l'examen du Barreau.

Rien qu'au ton de cette lettre, elle comprit que ce serait la dernière qu'elle recevrait. C'était celle d'un invité bien élevé qui remercie son hôte pour l'hospitalité reçue lors d'un séjour maintenant terminé.

# IX

La mort de Paul semblait avoir brisé en Germain l'ambition innée qui le poussait à accroître ses affaires. Il avait renoncé à acquérir l'hôtel Empire de Kirkland Lake pour en faire le second établissement d'une chaîne d'hôtels qu'il avait jadis rêvé d'établir à travers la province et, qui sait, à travers le pays.

Avec la guerre, les affaires avaient repris. Les gens voyageaient beaucoup. Les soldats en permission venaient boire un coup avec les amis; les mines fonctionnaient—même qu'on engageait des femmes comme mineurs, chose qui ne s'était jamais vue auparavant. L'hôtel Prince Arthur avait prospéré et suffisait largement à assurer la vie de sa famille. Maintenant la guerre était finie, la reconstruction était en cours et les durs temps de la dépression n'étaient plus qu'un souvenir.

À quoi bon tous ces projets? songeait-il parfois. Après tout, comme disait sa mère, il n'avait que deux enfants.

Il regarda la pendule. Presque onze heures et demie. Il n'irait pas chez lui pour le lunch. La bonne avait assez à faire. Il songea avec ennui que sa femme Georgette, partie hier pour Montréal avec son amie Louise Desmonts, ne serait certes pas de retour avant vendredi.

Lorsqu'il avait acheté cet hôtel, Georgette et lui avaient travaillé dur pour que l'entreprise réussisse. Un second enfant était né, une fille qu'ils avaient nommée Amanda en souvenir de la grand-mère qui avait péri dans l'incendie de l916.

Depuis que l'aisance leur était venue, Germain avait embauché plus de personnel à l'hôtel et il n'était plus question que Georgette travaille dans l'établissement. Pour lui, c'était un motif de fierté que sa femme reste à la maison, qu'elle ait une bonne, et vive comme une dame. Pourtant, dans sa confortable demeure, Georgette s'était sentie désoeuvrée.

Avec l'encouragement de son mari, elle s'était portée volontaire pour diverses oeuvres de charité et c'est ainsi qu'elle avait connu Louise, la femme de l'avocat Desmonts, qui avait trouvé Georgette vive et débrouillarde et avait pris l'habitude de recourir à elle pour les nombreuses oeuvres qu'elle dirigeait. Une amitié était née entre les deux femmes et Louise Desmonts était devenue une sorte de mentor pour Georgette. Elle l'avait fait entrer dans le cercle des femmes de professionnels qui se réunissaient deux fois la semaine pour jouer au bridge et papoter.

Germain avait d'abord été heureux de voir sa femme pénétrer ainsi dans la meilleure société, mais avec le temps, l'emprise que Louise Desmonts exerçait sur elle l'agaçait de plus en plus. Georgette se laissait guider en tout par son amie, que ce soit pour le choix de ses robes, du mobilier de la maison, ou de la limitation des naissances. Après la naissance d'Amanda, il avait consenti à l'abstinence périodique afin d'espacer les grossesses. Mais maintenant, la petite avait trois ans, et il semblait que leur vie amoureuse était toujours basée sur le calcul des dates du calendrier.

—Mais enfin, avait-il dit à sa femme, il me semble qu'un autre petit enfant mettrait de l'animation dans la maison. Il y a autre chose dans la vie que de jouer au bridge.

—Qu'est-ce que tu en sais? avait-elle riposté. Tu es toujours à l'hôtel ou en voyage.

—Et toi, avec une bonne, de quoi te plains-tu? C'est pas comme si on était pauvre et qu'on pouvait pas les élever comme il faut.

—Je ne dis pas jamais, Germain, mais pas tout de suite. J'ai trop de choses à faire.

En douce, et sans en parler à son mari, elle était allée se faire ajuster un diaphragme par un médecin anglais.

Cela ne l'empêchait pas de le repousser souvent.

—Voyons, à quoi penses-tu? Toi qui dois te lever si tôt demain matin pour prendre le train pour Toronto.

Pourtant, elle pouvait parfois se montrer câline, l'attirer à elle, lorsqu'il y avait trop longtemps ou qu'il paraissait fâché. Germain avait la désagréable impression qu'elle voulait le maintenir ni trop près ni trop loin, juste ce qu'il fallait pour garder le statu quo. Il ne faisait aucun doute qu'elle aimait l'aisance qu'il lui procurait et évitait soigneusement l'irréparable. Ainsi, ces voyages vers les grands magasins de Montréal ou de Toronto. Il se dit que leurs vies empruntaient des chemins parallèles. Elle qui avait été si aimante au début de leur mariage... Se pourrait-il qu'elle se fût éprise de quelqu'un d'autre?

Il était à ruminer ces amères pensées lorsqu'il vit un jeune homme s'approcher de la réception. Il se leva pour lui répondre.

—Est-ce que je pourrais parler à Monsieur Germain Marchessault?

—C'est moi-même.

—Voici. Je m'appelle Guy Nolet et je suis du Nord moi aussi puisque j'ai grandi à Hearst. J'ai rencontré votre frère dans l'armée. On est devenu de bons amis. Même qu'il m'a sauvé la vie...

Germain sentit le chagrin l'envahir de nouveau. Il revit le visage souriant de son jeune frère, ses yeux clairs où se reflétaient l'admiration et la confiance absolue portée à son aîné. S'il avait vécu, les choses auraient été bien différentes.

—Il n'a pas pu sauver la sienne, fit Germain, la gorge serrée.

—Non, dit le jeune homme très bas. J'étais là quand...

La voix devint enrouée et s'éteignit. Germain le regarda avec sympathie.

—Venez dans mon bureau, dit-il. Nous y serons plus à l'aise pour parler. Je suis heureux de connaître un ami de Paul.

Ce matin-là, Germain apprit ce qui s'était passé à Dieppe, le 19 août 1942, dans la tempête de fer et de feu où tant de jeunes Canadiens avaient perdu la vie.

(Quelques années plus tard, alors qu'il irait en pèlerinage sur les lieux, la colère l'envahirait alors qu'il constaterait l'inutilité de ce massacre, l'impossibilité évidente de l'exercice. Il marcherait et s'essaierait à courir sur cette plage recouverte de plus d'un mètre de galets ronds de la grosseur d'une orange, qui la faisait ressembler à ces jeux d'enfants où les petits s'amusent à essayer de se déplacer dans un enclos rempli de balles de tennis. Ce terrain où il était impossible de courir, où les chars ne pouvaient avancer, était comme un entonnoir surplombé de chaque côté de falaises abruptes, que les responsables de ce raid désastreux avaient qualifiés de peu défendues par quelques pièces d'artillerie disposées sur le sommet. Ils ne semblaient pas se douter de l'existence des nombreuses grottes dont ces falaises étaient truffées. De chacune de ces grottes, les canons de 75 et les armes lourdes d'infanterie pouvaient à loisir faucher les soldats comme dans une galerie de tir.)

Lorsqu'ils furent assis, le jeune homme commença son récit.

—Je ne me souviens pas de tout, je crois que j'ai délibérément oublié certaines choses... Tout ce que je sais, c'est que j'ai eu le mal de mer en traversant et que Paul s'était gentiment moqué de moi. Nous n'étions pas les premiers. Déjà on entendait les grondements des canons et le ciel était zébré de balles traçantes. Puis, il y a eu le râclement de la coque de notre chaland sur les galets, la rampe qui s'abat, la course vers l'endiguement tandis que les balles pleuvaient et que les camarades tombaient à droite et à gauche. Nous étions trois ensemble et nous n'avions pas encore été touchés. Puis nous avons été rejoints par d'autres, et nous avons escaladé un ravin. Cette paroi nous donnait un sentiment de sécurité car les balles ne pouvaient pas nous atteindre. Quand nous sommes arrivés au sommet, il y avait une petite prairie à quelque cent mètres plus loin.

Le jeune homme se leva, en proie à une agitation qui l'empêchait de rester immobile.

—Nous étions une dizaine qui avancions par bonds, couchés, debout, un bond, couchés, debout. Tout à coup Paul s'est jeté sur moi et m'a projeté par terre. Puis j'ai entendu crépiter la mitrailleuse. Comme dans un film au ralenti, j'ai vu tomber mes camarades autour de moi tandis que moi-même je m'allongeais sur le sol entraîné par le poids du corps de Paul. Puis j'ai reçu une balle à la tête et j'ai perdu connaissance.

La voix s'arrêta un moment puis il continua:

—Quand je me suis réveillé, le soleil était haut.

Il secoua la tête. «J'entends encore le bourdonnement des mouches attirées par le sang dans lequel je baignais—le sang de Paul.»

Tirant un mouchoir de sa poche, il se moucha bruyamment. Germain, le coeur serré, attendait la suite du récit.

—J'ai compris alors que Paul avait tout à coup aperçu la batterie allemande qui se taisait, attendant que nous approchions plus près. S'il ne m'avait pas projeté par terre, j'aurais été fauché... comme les autres. Quand j'ai repris connaissance, j'ai touché la main de Paul. Elle était froide. Une dizaine d'hommes de notre compagnie gisaient autour. Tout était silencieux. Je me préparais à ramper vers les buissons à ma gauche lorsque j'ai entendu venir une patrouille allemande. Alors j'ai fait le mort. Un des soldats a poussé le corps de Paul avec son pied. Le coeur me battait tellement fort que je sais pas comment il se fait qu'il ne l'ait pas entendu. Après un moment, ils sont partis, mais je n'ai pas remué d'un pouce. Je pense qu'il m'a fallu une heure pour trouver assez de courage pour soulever la tête et regarder autour de moi.

De nouveau il s'arrêta de parler. À évoquer ce souvenir, la sueur perlait à son front. Germain lui offrit quelque chose à boire, mais il refusa.

—Merci, ça va. Vous comprenez, d'ordinaire, j'évite d'y penser. Mais là, je veux tout vous raconter. Alors, quand j'ai regardé, j'ai vu que j'étais au bord d'un champ et qu'il y avait des fermes dans la vallée. Avec bien des précautions, je suis parvenu à m'extriquer de sous le corps de Paul et j'ai rampé jusqu'à un bosquet où je me suis caché. Puis j'ai attendu qu'il fasse noir.

—Mais vous étiez blessé, dit Germain.

—Une blessure superficielle à la tête. La balle m'avait assommé plus qu'autre chose. Vers la fin de l'après-midi, j'ai vu venir un camion allemand. Il s'est arrêté tout près. Un soldat en est descendu et deux civils français. Avec des commandements gutturaux, le soldat leur a ordonné de charger les cadavres dans le camion. D'abord ils ont ramassé les corps de nos compagnons, puis ils sont revenus chercher celui de Paul. Comme l'un des Français se penchait pour le soulever, il m'a vu. J'ai rencontré son regard. Il a hésité un moment—qui m'a paru bien long— puis il m'a fait un léger signe négatif de la tête avant de s'éloigner. Une fois le corps de Paul placé dans le camion, je l'ai vu revenir et là, la peur m'a pris pour de bon. Allait-il me dénoncer?

De nouveau le jeune homme s'épongea le front.

—Ce sont vraiment des choses terribles à revivre, dit Germain.

Guy Nolet continua:

—Le Français fit semblant d'inspecter les alentours pour voir s'il n'y avait pas d'autres cadavres et, passant près de moi il murmura: «Attendez-moi ce soir.» Puis il est retourné au camion et d'un geste il a fait comprendre au soldat allemand qu'il n'y en avait plus. Le camion s'est remis en marche et est descendu vers la vallée.

—Et vous avez attendu?

—Oui. Le soleil s'est couché. Il faisait noir depuis longtemps, mais personne ne venait. Malgré la fraîcheur de la nuit, j'avais fini par m'assoupir. Soudain, quelqu'un m'a touché l'épaule. J'ai pas besoin de vous dire que j'ai sauté debout d'un seul coup. «Hé là, doucement,» a dit l'homme qui m'avait réveillé et que je distinguais mal dans la nuit sombre. «Ne faites aucun bruit et suivez-moi.» Il m'a conduit dans une ferme où on m'a caché jusqu'à ce que ma blessure soit guérie. Puis on m'a fait passer dans le maquis où j'ai combattu jusqu'à la fin de la guerre.

Le silence tomba entre les deux hommes. Germain était en proie à une émotion qu'il s'efforçait de maîtriser. Les images que le récit de Guy avaient évoquées le hantaient. Paul déchiré par une rafale, mourant dans un champ de Normandie, terre de ses ancêtres.

La sonnerie du téléphone fit sursauter les deux hommes. Germain décrocha l'appareil et répondit brièvement. Lorsqu'il raccrocha, il fixa le jeune homme.

—Je suis bien content que vous soyez venu me voir. Je dois m'absenter pour une vingtaine de minutes. Ce sera bientôt l'heure du lunch. Si vous voulez bien m'attendre, j'aimerais vous inviter à manger avec moi.

—Avec plaisir, fit Guy Nolet. Je vous attendrai.

À la fin du repas qu'ils prirent dans la salle à manger de l'hôtel, Guy avait évoqué pour Germain sa rencontre avec Paul au camp d'entraînement, la traversée et leur séjour en Angleterre.

—Paul m'a beaucoup parlé de vos projets d'avenir, dit-il en conclusion. Si je suis venu vous voir, c'était d'abord pour vous raconter les événements qui se sont passés là-bas.

—Vous avez bien fait. La famille aura au moins la consolation de savoir comment il est mort, et qu'il n'a pas trop souffert.

—Je suis venu aussi pour une autre raison. Comme je vous l'ai dit, Paul m'a beaucoup parlé de son grand frère et des projets d'avenir que vous aviez faits ensemble. Je sais que personne ne pourra jamais remplacer Paul...mais puisque je lui dois la vie, j'aimerais vous aider dans la mesure de mes moyens.

Germain parut surpris.

—Je ne vois pas de quelle façon, commença-t-il.

—Voilà. Je suis à faire un bac en commerce à l'université d'Ottawa. Je cherche du travail durant les vacances, et de toute façon, je devrai me trouver quelque chose de permanent un jour. J'aimerais bien travailler pour vous.

—Je ne sais pas quel travail je pourrais vous donner...

—Je voudrais, petit à petit, apprendre le métier d'hôtelier. Je ferai n'importe quoi et vous fixerez le salaire vous-même. Je l'accepte d'avance. Si plus tard vous réalisez certains des projets que vous aviez formulés avec Paul, je crois que je pourrais vous être utile.

L'idée vint à l'esprit de Germain que c'était là un messager envoyé par Paul pour lui faire savoir qu'il ne devait pas abandonner ses rêves. Le jeune homme le regardait anxieusement.

—D'accord, Guy. Quand pourrais-tu commencer?

—Tout de suite, Monsieur Marchessault, répondit Guy joyeusement. Il n'y a pas de temps à perdre.

# X

L'intuition de Rose-Delima ne l'avait pas trompée lorsqu'elle avait pressenti qu'elle n'aurait plus de nouvelles de Donald.

La guerre du Pacifique avait pris fin dans le champignon monstrueux de la bombe atomique d'Hiroshima. Une lettre de tante Marguerite à sa cousine Alma avait appris à la famille que Jean-Pierre, qui avait été affecté à un bureau de liaison en Australie durant la guerre, était maintenant de retour et travaillait à Montréal.

Elle-même, à la suite d'un concours, avait obtenu une promotion à la Commission du Service civil. En fait, elle occupait maintenant un simple poste de commis mais il y avait des chances que ce poste puisse servir de tremplin pour atteindre des échelons plus élevés.

Parfois, des camarades de bureau l'invitaient. Il y avait eu Marc, aviateur démobilisé qui travaillait dans un bureau voisin. Par certains côtés—sa gentillesse, sa bonne humeur, son enthousiasme facile—il lui rappelait son frère Paul. Ils avaient pris l'habitude, les jours de paie, d'aller dîner au restaurant et de finir la soirée au cinéma ou dans un club du chemin d'Aylmer. Mais il y avait quelque chose chez Rose-Delima qui tenait les gens à distance. Elle était amicale mais ne se livrait pas. Après plusieurs mois, Marc et elle demeuraient de simples copains. Leurs rencontres s'étaient espacées, puis avaient cessé tout à fait. Un jour elle avait appris son mariage.

Son frère Germain, que ses affaires ramenaient de plus en plus souvent à Ottawa, la grondait parfois.

—Dis-moi pas que tu attends toujours notre cher Donald, lui dit-il un jour. Ça fait combien longtemps que tu n'as pas eu de ses nouvelles?

91

—Oh, tu sais, il est occupé. Tante Rose me dit qu'il prépare ses examens finals. Et puis, il est comme moi. Il a de mes nouvelles par sa mère.

Germain sentit l'irritation le gagner.

—Dis-moi, lorsque vous étiez ensemble, t'a-t-il jamais rien promis? A-t-il jamais fait allusion à des projets d'avenir, un avenir où tu aurais ta place?

Elle esquiva la réponse. «Des projets d'avenir? Oui, souvent. Il veut devenir avocat, entrer dans un grand bureau, peut-être faire de la politique un jour.»

—Et toi, persista Germain, est-ce que tu faisais partie de cet avenir?

Rose-Delima se tut et Germain hocha la tête. «Tu sais, Lima, en amour comme en affaires, il n'y a qu'une façon de préparer le lendemain. C'est de voir la réalité telle qu'elle est et non telle qu'on voudrait qu'elle soit.»

—Oui, Germain, je sais.

D'après une lettre de tante Rose, Donald avait passé brillamment ses examens au Barreau et avait été invité à se joindre au prestigieux cabinet d'avocats Salter, Workman, Denys et Colligan. Me Salter était le frère du sénateur Salter, réputé comme l'éminence grise de son parti. C'était, écrivait-elle, une chance unique pour un jeune avocat. Évidemment, son père adoptif John Gray, ami d'enfance des Salter, n'avait pas été étranger à l'obtention de ce poste.

Rose-Delima écrivit à Donald un petit mot de félicitations qui demeura sans réponse.

\* \* \*

Un coup de téléphone au bureau lui apprit qu'elle avait réussi le concours d'Examinateur-adjoint à la Commission du Service civil. Cela voudrait dire qu'elle aurait un meilleur salaire et qu'après un certain laps de temps, elle pourrait aspirer à quitter le rang de simple soldat pour atteindre celui d'officier et devenir elle-même Examinateur. Elle eut soudain le goût de partager sa joie avec quelqu'un et appela Germain.

—Magnifique, dit-il. Toutes mes félicitations, Lima. Justement, je dois me rendre à Ottawa lundi. Je passe chez toi vers six heures et je t'emmène célébrer ça quelque part.

Lorsqu'il se présenta à l'appartement le lundi soir, sa soeur lui trouva l'air bizarre.

—Qu'est-ce que t'as? Il me semble que t'as l'air drôle.

Il hésita un moment, puis il dit: «Pas grand-chose. Tu sais, dans la vie, on a parfois des revers. Oublions ça, veux-tu, et allons célébrer ta victoire.»

Au restaurant, il commanda du champagne et s'occupa de tenir le verre de sa soeur bien rempli. Légèrement grisée, Rose-Delima riait, racontait des anecdotes touchant ses compagnons de travail. Germain se réjouissait de la voir si heureuse, mais il songeait avec crainte que lorsqu'ils retourneraient chez elle, il lui faudrait bien sortir la page du journal qu'il tenait pliée dans sa poche depuis ce matin. De toute évidence, elle ne savait rien.

Ils revinrent lentement dans une nuit chaude comme seule peut l'être une nuit de juillet dans la vallée de l'Outaouais. Les pavés, les édifices semblaient irradier une chaleur lourde et humide que pas un souffle de vent n'agitait.

—C'est bien notre capitale, soupira Germain. Froide comme l'Arctique en hiver et chaude comme les tropiques en été.

Lorsqu'ils entrèrent dans l'appartement de Rose-Delima, la chaleur moite les saisit au visage.

—Maintenant que tu auras un salaire plus élevé, tu devrais te trouver un appartement plus confortable, climatisé. D'ailleurs, si tu voulais, tu en trouverais un avec deux chambres à coucher et je viendrais habiter chez toi quand je dois rester à Ottawa. Je pourrais partager le loyer.

—Tu viendras chez moi quand tu voudras, mais je suis une grande fille maintenant. Je suis capable de gagner ma vie.

Elle alla au réfrigérateur et ouvrit la porte, scrutant le contenu.

—Tu veux quelque chose à boire? Coke, lemon-lime, ginger ale?

—Lemon-lime.

Elle lui tendit le verre glacé, s'en versa un, et vint s'asseoir tandis que Germain marchait de long en large de la pièce.

—Tu n'as pas vu le *Globe and Mail* ce matin?

—Non.

—On y parle de Donald.

Lentement il sortit la feuille de papier-journal de sa poche. «Je te l'ai apportée.»

Elle regarda son frère et devint très pâle. «Donne.»

En hâte elle déplia la feuille et aperçut la photo qui tenait le haut de la page.

*Society Event*, disait l'en-tête. Souriant d'un air victorieux, une mariée en robe blanche, voile de dentelle, cascade d'orchidées et de stéphanotis, tenait le bras de Donald. Les yeux brouillés de larmes elle lut que la mariée était la fille de M. et Mme Roy Salter et nièce du Sénateur Murray Salter. Le marié, Donald Brent Stewart, était le fils de M. et Mme Douglas Stewart et neveu de M. et Mme John Gray. Après un voyage de noces aux Bermudes, les nouveaux mariés éliraient domicile à Toronto où Donald Stewart serait associé au cabinet d'avocats avantageusement connus, Salter, Workman, Denys et Colligan.

Elle laissa tomber la feuille et fixa d'un regard aveugle la fenêtre où se découpait un carré d'ombre piqué des lumières de la ville. Cette fois, elle l'avait perdu. Depuis sa petite enfance, il avait été le centre de sa vie et maintenant il n'y avait que le vide.

Germain vint s'asseoir près d'elle et lui passa un bras fraternel autour des épaules. Il avait envie de lui dire: «Ça vaut mieux comme ça. Tu n'y penseras plus et tu pourras songer à te faire une vie à toi.» Mais il sentit que ce n'était pas le moment et il se tut.

Rose-Delima appuya la tête contre l'épaule de son frère.

—Comment je vais faire pour cesser de l'aimer, murmura-t-elle, tandis que les larmes coulaient sur ses joues.

Il la tenait serrée, lui caressant les cheveux comme à un enfant.

—Et puis, continua-t-elle, je ne le reverrai plus jamais.

—Mais non, tu dis des bêtises. Donald est né prince, tu le sais bien. Il règne de droit divin, prend tout ce qui fait son affaire, mais laisse rarement échapper ses sujets. Tu le reverras, tu peux en être sûre.

—Pourquoi aurait-il jamais besoin de me revoir?

—Je n'en sais rien, mais la vie a bien des détours comme disait notre oncle, le défunt Achille. Écoute, si tu veux pas rester seule ce soir, je pourrais dormir sur ce divan.

—Non, ça va. J'ai besoin d'être seule, au contraire.

Il hocha la tête.

—Bon, tu peux pleurer tant que tu voudras ce soir, mais tu vas me promettre une chose. Demain matin, tu vas te souvenir que tu es une fille du nord. Tu vas te lever et reprendre ta vie en main. Finies les larmes. C'est promis?

—C'est promis.

Après qu'il l'eût quittée, elle prit une douche pour se débarrasser de cette chaleur collante qui faisait adhérer les vêtements à la peau et s'étendit sur son lit. Il serait impossible de dormir. Elle aurait toute la nuit pour contempler ce monde nouveau où désormais elle devrait vivre, un monde d'où Donald serait absent.

# XI

Pour financer l'achat de l'hôtel de Kirkland Lake, Germain décida de s'adresser à la Caisse populaire de Timmins plutôt qu'à la banque avec laquelle il avait l'habitude de faire affaire. Après tout, on prêchait à l'église et dans le journal d'encourager les nôtres.

L'établissement était dirigé par un Monsieur Larose tout frais arrivé d'Ottawa. Celui-ci questionna longuement Germain sur son commerce actuel, ses profits futurs, même sur ses opinions quant à l'avenir des Canadiens-français en Ontario-Nord.

—Je suis favorablement impressionné, Monsieur Marchessault, dit-il enfin. Votre demande sera étudiée par le Comité et nous vous rendrons réponse bientôt. Cependant, je vous demanderais de passer chez Monsieur le Curé, ce soir si possible.

—Chez Monsieur le Curé?

—Oui. La réponse que nous vous donnerons, favorable ou défavorable, dépendra du rapport de Monsieur le Curé.

Germain sortit, un peu surpris de cette façon d'administrer une banque. Le soir même, il se rendit au presbytère. Le curé le reçut avec cordialité.

—Je n'irai pas par quatre chemins, Germain, dit-il dès qu'ils furent assis. Il y a un bon bout de temps que nous te surveillons et nous croyons que tu ferais une bonne acquisition. Cependant, tu vas d'abord me jurer que tout ce que nous dirons entre ces quatre murs ce soir restera strictement entre nous et que jamais, tu m'entends, jamais tu ne révèleras à qui que ce soit ce que tu apprendras ici. Tu le jures?

—Je le jure, dit Germain, de plus en plus étonné.

—Je n'ai pas à te rappeler toutes les persécutions que les Canadiens-français ont eu à subir de la part des Orangistes, des francs-maçons, et autres gens de ce calibre. Il suffit de rappeler le Règlement XVII, le manque de représentation et la difficulté d'avancement des nôtres dans la fonction publique fédérale, l'unilinguisme anglais qui règne partout. Il faut combattre le feu par le feu. Aussi avons-nous fondé une association qui travaille à l'avancement des nôtres. L'union fait la force. Ce groupe choisi, qui ne se recrute que par invitation, travaille dans l'ombre pour assurer aux nôtres la place qui leur revient en justice. Tu me suis?

—Oui, Monsieur le Curé.

—Cette élite, composée uniquement de catholiques pratiquants, dit-il en appuyant sur l'adjectif, agit comme guide éclairé de la nation, comme le levain dans la pâte, pour instruire ses frères, les orienter dans le bon chemin, les amener à former un tout homogène, catholique et français, une force pour atteindre nos objectifs.

—Comment allez-vous accomplir tout ceci si c'est une association secrète?

Un sourire amusé éclaira la longue figure osseuse du curé.

—Nous avons nos moyens, crois-moi. Jeudi soir tu te rendras au bureau de Jean Larose pour huit heures. Tu feras exactement ce qu'il te dira. C'est compris?

—Oui, monsieur le curé.

—En attendant, il ne faut pas que tu mentionnes à qui que ce soit, pas même à ta femme ou à ta mère, ce dont je viens de te parler. On sait combien fragile est la discrétion des femmes. C'est pour cela, d'ailleurs, que Notre-Seigneur a réservé le secret de la confession aux hommes, dit-il en éclatant d'un gros rire. Alors, discrétion, discrétion. C'est promis?

—Oui, Monsieur le Curé.

Le curé hocha la tête.

—Nous avons besoin d'un homme comme toi, doué pour les affaires, pour faire avancer la cause. Il est temps que nous prenions en main les leviers économiques qui exercent une action importante sur nos vies. Je suis sûr que je ne regretterai jamais de t'avoir recommandé.

Le jeudi suivant, lorsqu'il revint chez lui à la fin de la soirée, Germain trouva Georgette qui l'attendait au salon.

—Tu rentres bien tard. Où es-tu allé?

—À la Caisse populaire, comme je te l'avais dit. Pourquoi ne t'es-tu pas couchée?

— J'avais hâte de savoir si ton prêt avait été accepté.

—Je pensais pas que ça t'intéressait tant. C'est oui. Ils ont accepté.

Il bâilla. «Je vais me coucher. Je tombe de sommeil.»

En fait, il voulait couper court aux questions de Georgette et pouvoir repasser dans sa tête les événements étonnants de la soirée.

Jean Larose l'avait fait entrer dans son bureau et il avait refermé la porte. Puis, il avait écarté une draperie dissimulant une porte et inséré une clef dans la serrure. Germain avait découvert avec surprise que cette porte donnait sur une petite pièce faiblement éclairée. Larose l'avait invité à le suivre.

—Je dois maintenant vous poser les trois questions rituelles, avait-il dit. Êtes-vous catholique pratiquant? Êtes-vous prêt à travailler par tous les moyens légitimes à l'avancement et au progrès des Canadiens-français? Promettez-vous, sur l'honneur, de ne révéler à personne les secrets de l'Ordre?

Sur réponses affirmatives, il avait dit, en tirant une écharpe de sa poche: «Je dois maintenant vous bander les yeux.»

Trois coups sourds avaient retenti.

—Qui vive? avait demandé une voix rude.

—Un aspirant aux mystères demande admission, avait répondu Larose.

Une autre porte s'était ouverte. Deux solides gaillards l'avaient empoigné par le bras, un de chaque côté. On l'avait conduit dans une autre pièce où il semblait y avoir plusieurs personnes. Puis les yeux toujours bandés, on lui avait fait subir plusieurs épreuves: l'application d'une lame d'épée sur la gorge, le chemin à obstacles, la coupe d'amertume où on lui avait fait boire un liquide vinaigré, la purification des mains dans l'eau, l'épreuve du feu, chacune étant accompagnée d'une exhortation à la fidélité, à la discrétion, au dévouement dû à ses frères. Puis tous les assistants avaient crié en choeur:

—Que désire le candidat? La lumière!

—Que la lumière soit, avait ordonné un homme placé devant lui.

On lui avait retiré l'écharpe.

Autour d'une table, plusieurs personnes étaient assises. Au centre trônait le docteur Lachance, avec, à sa droite, le curé. Autour de la table, des visages connus: l'avocat Bercier, le boucher, un entrepreneur forestier, son voisin, Mathias Landry. Le docteur Lachance lui avait demandé s'il était prêt à s'unir aux frères de l'Ordre de Jacques Cartier, à obéir aux consignes, et à faire serment de fidélité absolue et de discrétion. Sur réponse affirmative, on lui avait donné à signer un document où il «reconnaissait maintenant mériter pleinement la peine de félonie et d'être rejeté dans la compagnie infâmante des hommes sans volonté et sans honneur si par malheur il oubliait le serment qu'il venait de prononcer.» Enfin, on lui avait remis l'oriflamme rouge à croix d'argent, et transmis le secret du mot de passe et de la poignée de main distinctive.

—Prenez place parmi les frères, lui avait dit le président.

L'assemblée s'était alors déroulée normalement. Germain avait été surpris de voir les affaires de la ville disséquées, les consignes distribuées: Un commerce allait être mis en vente; on cherchait un candidat canadien-français pour l'acheter. On discutait de la valeur des candidats suggérés et on faisait un choix. L'heureux élu, même s'il l'ignorait, pourrait jouir des conseils et de l'appui financier des frères. Le curé déplora qu'un des commissaires d'école ait fait ses pâques en retard et qu'il manque la messe assez régulièrement, surtout durant la saison de la pêche. Il suggéra qu'on le remplace par un catholique fervent. Tous les frères s'engagèrent à lui retirer leur appui et à le donner à celui qui serait choisi pour le remplacer, appuyant sa candidature par une campagne discrète dans les cercles où ils avaient leur entrée.

Quand l'assemblée fut levée, tous les assistants étaient venus féliciter leur nouveau frère. Germain s'était senti envahi par un sentiment de fierté, d'appartenance à un groupe puissant, fraternel. Jean Larose l'avait rassuré. Sa demande avait été agréée; de plus, il pouvait compter sur l'aide des frères de Kirkland Lake pour faire démarrer son commerce.

En y songeant, Germain regretta seulement de ne pouvoir raconter son expérience à Guy Nolet. Puis il se dit que rien ne l'empêcherait de parrainer l'admission, à ce groupe sélect, de son bras droit, bientôt son beau-frère puisqu'il devait épouser sa soeur Bernadette.

Le lendemain matin, alors qu'ils déjeunaient, Georgette lui demanda quand l'achat de l'hôtel de Kirkland Lake serait complété, quand se ferait le transfert d'administration.

—On est aujourd'hui le 19. Je crois que tout sera fini pour qu'on prenne possession le 1er du mois.

—Tu as l'intention de mettre Guy en charge de l'établissement?

—Oui. Au début, il faudra que je sois là assez régulièrement mais il est débrouillard. Avant longtemps il sera capable de gérer l'affaire tout seul.

—Je voudrais y aller avec toi. Emmène-moi.

—Tu n'y penses pas. Et les enfants? On ne peut pas les sortir de l'école ni les laisser avec la bonne pour des semaines.

—J'ai parlé à ta mère. Elle est prête à venir habiter ici pendant que nous serons absents.

—Maman est bien bonne, mais j'ai peur que les enfants la fatiguent à la longue. Et puis, pouquoi? Tu trouverais ça ennuyant, là-bas, loin de tes amies.

—Mais non, je travaillerais avec toi. Tu te souviens, quand nous avons commencé à l'hôtel ici, quand nous faisions tout nous-mêmes. Je faisais la cuisine et tu faisais les lavages, et nous avions tout repeint le hall d'entrée une fin de semaine.

—Ça, c'était parce que nous étions trop pauvres pour engager des gens pour le faire. Maintenant, c'est différent. Ma femme n'a plus besoin de travailler.

—N'empêche que nous étions heureux alors, dit Georgette avec nostalgie.

—Tu vas être encore plus heureuse maintenant, tu verras. Tu peux rester à la maison, comme la dame que tu es. Bon, je m'en vais au bureau. Il va y avoir bien des choses à régler avant le premier du mois.

—Oublie pas que nous sommes invités chez l'avocat Bercier ce soir, lui rappela Georgette comme il sortait. Il ne faut pas que tu reviennes tard pour le souper.

—J'oublierai pas, c'est promis.

Comme il s'éloignait, il songea que maintenant Pierre Bercier était devenu plus qu'un ami. C'était un frère.

Ils revinrent assez tard de chez les Bercier ce soir-là. Germain avait aussitôt revêtu son pyjama et s'était couché. Georgette s'attardait à se démaquiller, à se brosser les cheveux.

—Tu viens te coucher bientôt? Il est tard, tu sais, dit Germain en bâillant.

Elle éteignit et vint s'allonger à côté de lui. «J'aimerais bien quand même aller à Kirkland Lake avec toi, dit-elle.

—Je te l'ai dit, tu n'aurais rien à faire là-bas.

—Si tu voulais, tu me laisserais travailler avec toi, dit-elle, butée.

—En voilà des idées.

Il se tourna vers elle et la prit dans ses bras.

—Tu sais bien que si je veux réussir, c'est pour toi et pour les enfants. La façon dont tu peux m'aider le plus, c'est en étant ce que tu es, une bonne mère, une bonne épouse.

Tout en parlant, il avait enfoui son visage dans le creux parfumé du cou de Georgette, tandis que des mains il caressait le corps soyeux et chaud.

—Non, à quoi penses-tu? dit-elle en tentant de le repousser. C'est le temps le plus dangereux du mois.

—Et puis, après? Tu sais ce qu'il nous faut? Un autre bébé. Amanda est maintenant au jardin d'enfants...

Lorsqu'elle voulut protester, il lui ferma la bouche de ses lèvres.

# XII

Pour tenter d'oublier le rude coup que lui avait porté l'annonce du mariage de Donald, Rose-Delima s'était plongée dans son travail. Ses efforts avaient été récompensés puisque, trois mois auparavant, elle avait réussi le concours d'examinateur adjoint. Depuis ce temps elle occupait un petit bureau attenant à celui de M. Calder, chargé de la dotation en personnel au ministère des Affaires extérieures.

Toute la journée le ciel gris avait déversé une pluie fine et pénétrante sur la capitale.

—Dans cinq semaines ce sera mon congé annuel, songea la jeune fille.

Comme l'année précédente, elle se proposait de passer ses vacances dans la propriété de Germain au lac des Roseaux. Elle y retrouverait toute la famille, y compris une nouvelle petite nièce, Louise, fille de Germain, née en janvier.

Un bruit de pas pressés résonnant dans le corridor rappela à Rose-Delima qu'il était près de cinq heures. Elle rangea les dossiers empilés sur son bureau et allait revêtir son imperméable lorsque le téléphone sonna. Elle décrocha le récepteur.

—Ici Gus Pistor, entendit-elle. Je dois m'absenter pour deux semaines et j'ai demandé à votre patron, Ed Calder, si vous pouviez vous occuper des dossiers du dernier concours. J'ai perdu mon adjointe et il n'y a personne pour le faire. Pouvez-vous venir me retrouver? Je suis dans la salle de conférence n°4.

Rose-Delima en fut ennuyée. Gus Pistor était ce monsieur presque obèse qui s'occupait de recruter les agents financiers. Elle le considérait comme un raseur qui ne manquait jamais une occasion de faire des plaisanteries à double sens dont il était le premier—et souvent le seul—à rire de son rire gras.

Sentant son hésitation, Gus Pistor continua: «Je sais qu'il est cinq heures, mais je veux simplement vous indiquer ce qu'il y a à faire avec les dossiers. Vous pourrez vous en occuper demain.»

—Bon, je viens, dit-elle.

Lorsqu'elle entra, il était installé à une table, entouré de paperasses.

—Vous avez de quoi prendre des notes? Bon, venez vous asseoir près de moi et je vais vous indiquer ce que vous devrez répondre à chaque candidat.

Lorsqu'elle se fut assise, il continua: «D'abord, cette pile de dossiers représente les candidats qui n'ont pas réussi. Vous leur adresserez la lettre d'usage: Nous regrettons de vous informer...etc...etc... Se penchant vers elle, il approcha son visage tout près de celui de la jeune femme.

—Savez-vous que vous êtes très jolie, Rose-Delima? Et puis, ah, quel parfum enivrant...

Délibérément, la jeune fille écarta sa chaise.

—Aux autres, que dois-je dire? demanda-t-elle froidement.

—Si vous voulez prendre des notes, je vous dirai ce qu'il faut faire avec chacun.

Il se leva et, feuilles en main, se mit à marcher de long en large tout en dictant:

—Le premier, c'est un nommé Eustache Tremblay. Il a obtenu de bons points au concours et il a la préférence des anciens combattants. Offrez-lui le poste au ministère de la Justice, au bas de l'échelle salariale. Vous avez pris note?

—Oui.

Comme elle relevait les yeux, elle crut que Gus Pistor, qui se trouvait près de la porte, avait tourné le loquet, mais elle se dit qu'elle devait s'être trompée.

—Passons au deuxième. Robert Riley. Offrez-lui le poste au ministère des Transports. Vous lui expliquerez que nous ne pouvons lui offrir que le montant dans l'échelle des salaires qui se trouve supérieur à ce qu'il gagne actuellement. Il a demandé plus, mais c'est impossible.

Tout en marchant, il était revenu se poster derrière elle. Il lui mit la main sur l'épaule et se pencha si près qu'elle sentit son souffle dans le cou.

—Montrez-moi l'échelle des salaires que je voie ce que ça va lui donner.

Tandis que Rose-Delima se penchait pour prendre le lourd volume où se trouvait consignées les échelles de salaires de tous les fonctionnaires, il glissa la main dans son corsage et emprisonna un sein dans sa grosse main grasse. La jeune fille bondit et voulut se lever, mais il attendait ce geste. Il la saisit aux bras, la renversa sur la table et l'y maintint couchée en appuyant de tout son poids l'avant-bras droit sur la poitrine tandis que la main gauche s'affairait à ouvrir sa braguette.

—Lâchez-moi ou je crie.

Il eut un petit rire mauvais.

—Pouquoi croyez-vous que j'ai choisi la salle n° 4? Il n'y a personne dans cette aile. Tantôt vous pourrez gémir de plaisir tout à votre aise et personne ne vous entendra. Laissez-vous faire, vous verrez, vous ne le regretterez pas.

—Et si quelqu'un entrait?

—J'ai verrouillé la porte.

—Je le dirai à Monsieur Calder.

—Je nierai tout, et vous verrez qui l'on croira.

Tandis qu'elle le tenait à parler, l'esprit agile de Rose-Delima cherchait de quelle façon elle pourrait lui échapper.

—Laissez-vous faire, dit-il. Vous savez ce qu'on dit: Lorsque le viol est inévitable, mieux vaut se détendre et en jouir.

La grosse main montait entre ses cuisses. Il s'écarta légèrement pour relever sa jupe et elle saisit sa chance. De toutes ses forces, elle le frappa de son genou entre les jambes. Un bruit de ballon qui se dégonfle s'exhala de sa bouche et il recula un peu. D'un coup de rein elle lui échappa et courut à la porte. Elle ne s'ouvrait pas. Se souvenant qu'il l'avait verrouillée, elle tourna le loquet et courut dans le corridor à perdre haleine, percutant de plein fouet un jeune homme qui sortait d'un bureau. L'impact fut si brutal et si inattendu qu'ils tombèrent tous deux à la renverse. Il se releva le premier et lui tendit la main avec sollicitude.

—Êtes-vous blessée?

—Non...excusez-moi, dit-elle, éclatant en sanglots.

—Mon Dieu, mademoiselle, il se passe quelque chose de grave. Venez vous asseoir dans mon bureau un moment.

—Non, jamais!

Il la regarda avec étonnement. «Je n'allais pas vous manger, vous savez, simplement vous faire asseoir un peu. Mais voyons, je vous connais. N'avez-vous pas suivi les cours de philosophie du Père Cervette?»

Pour la première fois elle le regarda. «Oui,» dit-elle.

—Vous occupiez le premier pupitre à gauche. Vous ne vous souvenez pas de moi? J'étais le dernier en arrière, Lucien Ranger. Et vous, Rose-Delima...

—Marchessault, acheva la jeune fille. Vous étiez officier de marine.

—C'est bien ça. Bon, maintenant que vous voilà rassurée, si vous voulez bien entrer dans mon bureau, je vous promets de laisser la porte grande ouverte. J'ai une bouteille de cognac et je crois qu'un petit remontant ne vous ferait pas de mal.

Elle le suivit et se laissa tomber sur une chaise. Il ouvrit l'armoire, en sortit une bouteille et deux verres et versa le liquide doré. Il lui tendit un verre et leva le sien pour la saluer.

—Maintenant, racontez-moi pourquoi vous circuliez dans les corridors d'un paisible édifice du gouvernement comme si vous aviez le diable à vos trousses.

La voyant hésiter, il ajouta: «Je vous assure que vous trouverez en moi un confesseur doux, sympathique, et surtout, d'une discrétion à toute épreuve.»

Lorsqu'elle lui raconta ce qui s'était passé dans la salle de conférence n° 4, elle vit ses mâchoires se durcir.

—Je puis vous assurer, Mademoiselle, que vous n'aurez plus à craindre notre cher Gus. Quel vilain personnage, tout de même. Je suis le nouveau directeur adjoint du recrutement technique. Je viens d'entrer en fonction. Oubliez ça. Et maintenant, accordez-moi le plaisir de vous reconduire chez vous avec ma voiture. Il pleut toujours, et après ces émotions, vous devez être brisée.

Il la regardait avec des yeux si doux qu'elle accepta avec plaisir.

# XIII

Il y avait deux ans que la firme Marchessault et Associé s'était portée acquéreur de l'hôtel Empire de Kirkland Lake pour le transformer en Hôtel Prince Arthur, le deuxième du nom.

Cette acquisition s'était révélée profitable. L'industrie du bois avait repris de plus belle. Les travailleurs de la forêt des régions avoisinantes se retiraient à l'hôtel Prince Arthur pour les fins de semaine et les congés. L'été, ils pensionnaient à l'hôtel tandis qu'ils travaillaient pour les mines locales à préparer les pièces de bois de soutien pour les galeries souterraines.

Guy Nolet, qui en était devenu le directeur, donnait chaque jour à Germain de nouvelles preuves que celui-ci ne s'était pas trompé lorsqu'il l'avait choisi comme adjoint—et comme beau-frère puisque Guy venait d'épouser Bernadette, sa soeur cadette. Il l'avait également parrainé pour l'Ordre Jacques Cartier, et ils étaient devenus doublement frères.

N'avait-il pas eu l'idée ingénieuse d'ouvrir un petit magasin à l'hôtel où il revendait, à bon marché, les vêtements que les bûcherons jetaient au rebut. C'était là une coutume bien caractéristique de ces ouvriers de la forêt. Lorsqu'ils arrivaient en ville, étant donné les conditions sanitaires déplorables qui prévalaient alors dans les chantiers, ils n'étaient pas très propres. Aussitôt arrivés, ils couraient au magasin s'habiller de pied en cap. De retour dans leur chambre, ils revêtaient leurs habits neufs et se débarrassaient des vêtements souillés avec lesquels ils étaient arrivés, en les jetant au rebut.

Guy avait imaginé de laver tous ces vêtements dans la lessiveuse industrielle de l'hôtel et de les ranger ensuite sur les rayons du magasin. Lorsque le moment venait de retourner à leur travail, les bûcherons étaient toujours surpris d'y trouver de longs caleçons de laine, des chemises de flanelle et des pantalons de grosse étoffe qui leur allaient parfaitement.

Ce fut en septembre de cette année que fut prise la décision qui devait éventuellement changer la petite firme Marchessault et Associé en une grande société cotée à la Bourse, avec des établissements tant au Canada qu'aux États-Unis.

Germain et Guy revenaient de Baltimore où s'était tenu le congrès des hôteliers. Ils avaient emprunté le chemin des écoliers, visitant le Maine, le Vermont et le New Hampshire. Plusieurs fois, ils firent halte dans les nouveaux établissements en banlieue des villes qu'on appelait motels, et qui peu à peu remplaçaient les groupes de cabines individuelles des années trente.

—Te rends-tu compte que les habitudes des voyageurs changent? dit Germain à Guy. Autrefois, tout le monde voyageait par train. Les hôtels devaient donc être placés aussi près de la gare que possible.

—C'est vrai, constata Guy. Mais maintenant que la plupart se déplacent en automobile, il importe peu au voyageur d'être au centre de la ville puisqu'il peut s'y rendre à volonté. Il trouve souvent plus commode de faire comme nous faisons, de louer une chambre de motel où il peut stationner son véhicule à la porte.

—Alors, Guy, quelle conclusion tires-tu?

Guy réfléchit un moment.

—Je crois que si nous voulons suivre le mouvement...

—Non seulement suivre, mais précéder. C'est la seule façon de réussir en affaires, interrompit Germain.

—Alors nous devrions vendre les deux hôtels que nous possédons et qui commencent à prendre de l'âge, et bâtir une série de motels modernes aux abords des villes.

—Pendant que nous les mettrons en vente, il faudrait prendre option sur des terrains appropriés avant que les prix ne montent. Il nous en faut un sur le boulevard Algonquin à Timmins.

—Un sur la transcanadienne à Sudbury.

—Un sur la route 17 à l'entrée de North Bay.

—Plutôt sur Lakeshore Drive, sur les bords du lac Nipissing, corrigea Germain.

—Certainement, un à Eastview, en banlieue d'Ottawa, continua Guy.

Les deux hommes se mirent à rire.

—Eh bien, beau-frère, je crois que nous avons du pain sur la planche, tu penses pas?

# XIV

En entrant dans le vieil immeuble qui abritait les bureaux de l'Industrie manufacturière, Rose-Delima acheta un journal afin d'y voir le nom des députés élus. Elle se remettait mal d'une grippe. La veille, elle n'avait pu attendre la fin des émissions pour avoir le résultat final de l'élection et ce matin, à cause des comprimés qu'elle avait absorbés, elle s'était éveillée tard.

Non qu'elle doutât que Donald n'ait de nouveau triomphé. Depuis qu'il avait été élu lors d'une élection partielle, il y avait de cela trois ans, le plus jeune député à siéger aux Communes, il avait fait parler de lui. Un an à peine après son élection, il était devenu secrétaire parlementaire du ministre du Commerce international. La politique semblait être son élément: il s'y trouvait comme un poisson dans l'eau. Et puis, le fait d'être le neveu par alliance du très puissant sénateur Salter constituait un avantage précieux.

Depuis trois ans qu'il était à Ottawa, elle n'avait jamais fait le moindre geste pour entrer en communication avec lui. D'ailleurs, avec tout ce qui s'était passé dans sa propre vie, elle n'en n'avait guère eu le loisir.

Malgré tout, elle avait suivi de loin sa carrière. Une fois elle s'était rendue à la galerie publique de la Chambre des Communes alors qu'il devait prononcer un discours important. Perdue dans la foule, elle avait écouté la voix familière qui résonnait sous la haute voûte.

Avant de prendre l'ascenseur, elle descendit à la cafétéria afin de s'acheter un café chaud. Une fois dans son bureau, elle ouvrit le journal et, tout en sirotant son café, elle parcourut le tableau en ordre alphabétique des députés élus jusqu'à ce qu'elle trouve le nom qu'elle cherchait: Donald Stewart, Toronto-Centre, réélu, 6,248 voix de majorité. Un beau succès.

Au bas du tableau, on donnait la liste probable des ministres. Ce n'était encore que pure spéculation puique le Premier ministre avait annoncé que le nom des membres du nouveau cabinet serait révélé à une conférence de presse qui se tiendrait le jeudi suivant. D'un oeil distrait, elle parcourut le nom des ministres qui conserveraient leurs postes et de ceux qui seraient vraisemblablement écartés. Le dernier paragraphe se lisait:

*Parmi les jeunes députés qui sont considérés ministrables se trouvent MM. Alastair Grolley (Alberta Ouest), Pierre Savoie (Montmagny-nord) et Donald Stewart (Toronto Centre).*

Lorsque, trois jours plus tard, elle apprit qu'il avait été nommé ministre sans portefeuille responsable de l'Industrie manufacturière, elle eut un moment de panique. Puis elle haussa les épaules. Les ministres n'avaient guère l'occasion de rencontrer les agents du personnel. De plus, il n'occuperait probablement pas souvent son bureau dans l'immeuble vétuste qui abritait l'Industrie manufacturière, alors que celui qui lui serait alloué dans l'édifice du Parlement serait tellement plus luxueux et commode.

Quelques semaines plus tard, elle apprit que les travaux de rénovation du bureau du nouveau ministre tiraient à leur fin et que, dans un mois tout au plus, il occuperait ce bureau plusieurs jours par semaine. Son coeur se serra. Elle s'imaginait le rencontrant au détour d'un corridor, dans l'ascenseur. Ah, non. Elle ne le laisserait pas bouleverser sa vie de nouveau. Elle avait appris à vivre seule maintenant. Sa paix, elle l'avait payée très cher. Jamais plus elle ne lui permettrait de chambarder sa vie comme il l'avait fait dans le passé. Puisque l'idée de sa présence dans cet immeuble suffisait à la troubler, elle comprit que son salut résidait dans la fuite.

Elle déposa immédiatement une requête de mutation latérale, et lorsqu'on lui apprit qu'il y avait un poste vacant au ministère des Ressources nationales dont les bureaux se

trouvaient de l'autre côté de la rivière, elle eut l'impression
d'échapper à un danger mortel.

# XV

Après sa démobilisation, Jean-Pierre avait pris le premier emploi qui s'était offert. Grâce à ses trois années de médecine, il avait obtenu un poste de rédacteur technique auprès d'un manufacturier de produits pharmaceutiques. De neuf à cinq il rédigeait, à l'intention des médecins et des hôpitaux, des descriptions élogieuses des médicaments que fabriquait son employeur.

Le nom de Nadim Karam figurait dans les pages jaunes de l'annuaire téléphonique sous la rubrique *Avocats et notaires*, mais il ne l'avait jamais appelé. C'était là une phase de sa vie qui était terminée et qui l'avait laissé endolori.

Après Leila, il lui avait semblé qu'il ne pourrait jamais plus aimer une autre femme. Durant la guerre, il avait résisté aux charmes des Australiennes, sauf pour des liaisons sans importance. Puis, au bureau où il travaillait, il fit connaissance d'une jeune femme abandonnée de son mari et qui avait une fillette à élever. Elle était gentille et gaie. Il lui raconta qu'il s'était marié mais que sa femme l'avait quitté et qu'il n'avait pas d'enfants. Leur amitié progressa si bien qu'il prit bientôt l'habitude de l'inviter, une fois par semaine, à dîner au restaurant et à terminer la soirée à son appartement.

Cette liaison sereine et sans grande passion dura jusqu'au jour où il lut dans le journal que l'honorable Donald Stewart, qui venait d'être nommé ministre des Ressources nationales lors d'un remaniement ministériel, viendrait le lendemain inaugurer un nouvel édifice fédéral à Montréal. La curiosité le poussa à se mêler à l'assistance.

Il examina attentivement le visage de son ami d'enfance qu'il n'avait pas revu depuis plus de douze ans. Ce dernier avait pris de la maturité, sa carrure d'athlète s'était légèrement renforcée, mais le sourire demeurait le même. Comme la cérémonie prenait fin, Jean-Pierre s'approcha, suivant les journalistes venus poser des questions au ministre. À un moment donné, Donald leva les yeux et rencontra ceux de son ami. Un large sourire éclaira son visage, et fendant la foule, il se dirigea vers lui.

—Jean-Pierre, s'exclama-t-il en lui serrant la main, c'est vraiment toi, après tout ce temps?

Il se mit à le questionner sur les événements qui s'étaient passés depuis qu'ils s'étaient quittés.

—Écoute, dit-il après un moment, nous ne pouvons pas parler ici. Moi, je suis obligé d'assister à un dîner officiel ce soir, mais je vais essayer de m'esquiver de bonne heure. Viens à ma chambre au Ritz-Carleton vers dix heures et demie. Si je ne suis pas encore de retour, je vais donner ordre qu'on te laisse entrer. D'accord?

Ce soir-là, ils parlèrent jusqu'à trois heures du matin. Jean-Pierre était étonné de le trouver si peu changé. Il aurait pu croire qu'hier encore ils avaient fait la pêche ensemble dans Bazil's Creek. Évidemment, c'était Donald qui dominait la situation avec sa tranquille assurance de toujours. Lorsqu'il apprit que Jean-Pierre travaillait comme rédacteur technique, il s'exclama spontanément:

—Mais voyons, avec tes talents, tu peux faire mieux que ça. J'ai justement besoin d'un adjoint sur qui je pourrais me fier. Il faut absolument que tu viennes à Ottawa travailler avec moi.

Il fut très persuasif. Un mois plus tard, Jean-Pierre faisait partie du personnel du cabinet de l'honorable Donald Stewart. Six mois après, le chef de cabinet ayant démissionné pour accepter un autre poste, il le remplaça.

Jean-Pierre s'aperçut alors qu'il n'avait guère de temps pour sa vie personnelle. Il lui fallait s'occuper de tous les déplacements du ministre, vérifier son emploi du temps, voir à la rédaction de ses discours, s'assurer qu'il était prêt à parler aux gens qu'il rencontrerait et à faire face aux imprévus. Avec ses organisateurs politiques, il devait peser chacune de ses actions.

Donald faisait preuve d'une patience infinie lorsqu'il s'agissait de faire le nécessaire pour protéger sa crédibilité de ministre. Jean-Pierre l'avait vu, avant l'annonce du plan national de développement des ressources non renouvelables, écouter des journées entières l'exposé des économistes et scientifiques architectes du plan, leur poser des questions jusqu'à ce qu'il fût convaincu de l'avoir parfaitement assimilé. Et ceci, jusque tard dans la nuit, avec seulement un sandwich et du café, sans fatigue apparente, l'esprit vif et clair, alors que ses mentors croulaient de fatigue. Il semblait aussi frais et dispos que dans la matinée. Il prenait le pouvoir comme son dû et consentait à en payer le prix.

L'incompétence et la négligence ne trouvaient aucune indulgence chez lui. Il écartait tout simplement, sans hargne, ceux qui se permettaient des erreurs. Jean-Pierre lui-même sentait parfaitement que, malgré leur longue amitié, il n'hésiterait pas à le remplacer le jour où il ne ferait plus l'affaire.

# XVI

Le chef de cabinet du ministre des Ressources nationales se dit qu'il lui faudrait trouver, dans les plus brefs délais, au moins deux autres sténos-dactylos d'expérience pour renforcer ses effectifs. Puisque le ministre pouvait s'exprimer convenablement en français, les groupements francophones l'invitaient souvent à prendre la parole dans les diverses provinces, ou à remplacer à pied levé un collègue anglophone unilingue. Tout ceci apportait un surcroît de travail.

Il sonna le Directeur du personnel.

—Monsieur Thurlow est absent jusqu'à jeudi, lui répondit la secrétaire.

—Passez-moi son adjoint, alors.

—Il siège à un jury d'examen, Monsieur. Il ne sera pas là avant demain.

—Bon Dieu, il n'y a donc personne dans cette boîte?

—Voulez-vous parler à Madame Ranger, Monsieur?

—Qui est-ce?

—Un agent du personnel, Monsieur.

—Ça va, passez-la-moi.

Il attendit un moment, puis une voix féminine énergique résonna dans l'appareil:

—Rose Delima Ranger ici. Puis-je vous aider?

Lorsqu'il lui exposa son problème, elle l'assura qu'elle avait quelques noms sur les listes d'éligibilité et qu'elle pourrait lui faire porter les dossiers avant une heure.

—C'est ça, envoyez-les à mon attention personnelle: Jean-Pierre Debrettigny, chef de cabinet.

Il y eut un moment de silence qui se prolongea.

—Allo, allo, vous êtes là Madame Ranger?

—...oui, je vous les fais porter aussitôt que possible, Monsieur, dit la voix qui lui parut altérée.

Cet échange laissa Jean-Pierre songeur. Où pouvait-il bien avoir entendu cette voix? Et ce nom de Rose-Delima qui n'était quand même pas très courant. Si c'était elle, pourquoi n'avoir rien dit?

De plus en plus intrigué, il décida soudain d'aller voir ce dont cette Madame Ranger avait l'air. Ainsi, il en aurait le coeur net. Il descendit au troisième et demanda à la réceptionniste de lui indiquer le bureau de Madame Ranger. Il l'examina à travers la cloison vitrée. C'était bien elle. Ses cheveux, qui bouclaient sur son front, étaient maintenant relevés en chignon classique. Vêtue d'un tailleur de bonne coupe et d'un chemisier pâle, elle était penchée sur son travail, tout à fait inconsciente de sa présence. Il voyait la courbe de sa joue et sa bouche tendre, aux lèvres généreuses. Elle avait vraiment tenu la promesse de beauté déjà apparente lorsqu'elle était toute jeune. Des flots de souvenirs affluèrent à sa mémoire. Il s'approcha.

Lorsqu'elle l'aperçut dans l'embrasure de la porte, elle se leva vivement et il la vit pâlir.

Il s'approcha et, ignorant la main qu'elle lui tendait, la saisit par les épaules et l'embrassa sur les deux joues.

—Pourquoi ne pas m'avoir dit que c'était toi lorsque je me suis nommé, Lima. J'ai failli te manquer.

Elle parut embarrassée.

—Oh, tu sais, je n'ai pas grand-chose à faire avec le bureau du ministre.

—En voilà des idées. Voyons, parle-moi de toi. Tu es mariée?

—Veuve. Mon mari a été tué dans un accident d'automobile un an après notre mariage.

—Pardonne-moi, je ne savais pas. Tu sais, depuis la mort de maman, je n'ai pas souvent de nouvelles de la famille. Dire que nous voilà réunis tous les trois sous le même toit, Donald, toi et moi. C'est Donald qui va être surpris d'apprendre ça.

Rose-Delima hésita. «Je préférerais que tu ne le lui dises pas.»

—Ne pas lui dire? Mais voyons, Rose-Delima, il ne me le pardonnerait jamais. Et puis, de quoi as-tu peur?

—Je n'ai pas peur, mais il y a si longtemps de cela. Et il doit être très occupé...

—Ah, pour ça oui. Moi-même je n'ai pas beaucoup de temps libre, mais il faut absolument se voir. Veux-tu venir luncher avec moi au restaurant du Parlement?

«Pour y rencontrer Donald, peut-être?» songea Rose-Delima. Tout haut elle dit:

—Non. Viens plutôt à la maison. Voici mon numéro de téléphone. Appelle-moi quand tu seras libre.

—C'est entendu. À bientôt.

Une semaine plus tard il l'appelait pour lui dire qu'il pourrait passer durant la soirée.

—Tu vois l'heure qu'il est? Presque huit heures et j'achève ma journée.

—Alors, viens, je te fais à souper.

—Merci, mais je me suis fait monter un sandwich et du café parce que je pensais que j'en aurais pour toute la soirée. À tout à l'heure.

Rose-Delima fut particulièrement contente de sa visite. Les témoins de la jeunesse semblent toujours ramener avec eux une partie de cet heureux temps. Il lui raconta brièvement pourquoi il avait dû interrompre ses études de médecine à Montréal.

—Mais alors, ta tante Émilia a dû abandonner son rêve d'avoir un médecin qui s'appellerait Pierre de Brettigny, comme l'ancêtre.

—Tu ne la connais pas. Elle ne lâche pas si facilement. Dans la carte de Noël que m'envoyait l'un de mes frères des États-Unis, il mentionnait qu'elle s'était déniché un arrière-petit-neveu qui achève maintenant ses études au collège Sainte-Marie de Montréal. Elle s'est engagée à lui payer un cours de médecine à condition qu'il change son nom légalement avant de terminer ses études. Et puis, elle l'a pris jeune, celui-là.

Rose-Delima se mit à rire. «J'espère qu'elle aura plus de chance qu'avec un mauvais sujet comme toi. Mais dis-donc, tu n'as jamais eu envie de te marier?»

Il haussa les épaules. «Tu sais, je suis resté longtemps sans pouvoir oublier la jeune fille que j'avais connue à Montréal. Il me semblait que je ne pourrais plus jamais aimer personne.»

—Et maintenant?

—Maintenant je suis si occupé et j'ai des heures si irrégulières que je n'ai guère de temps à consacrer à une relation suivie. Il faudrait une femme bien patiente pour s'intéresser à moi.

Alors qu'il allait partir, il répondit sans le savoir à la question que Rose-Delima avait eu envie de lui poser depuis le début mais qu'elle s'était forcée de taire.

—J'ai mentionné à Donald que tu travaillais dans son ministère. Il a été très intéressé. Il va te faire demander bientôt.

—Me faire demander! L'honorable ministre y va un peu fort, tu trouves pas? Je n'irai pas.

—Mais non. Faut pas lui en vouloir. Dans sa position, il doit faire très attention. Sa femme préfère Toronto à Ottawa. Elle ne vient que pour les occasions spéciales. Il tient à ce qu'il n'y ait aucune rumeur à son sujet. Je t'appellerai en fin de semaine si je suis libre. Nous pourrions peut-être aller au restaurant, au cinéma, qu'en dis-tu?

—En fin de semaine, je ne suis jamais là. Après la mort de mon mari, je ne pouvais plus habiter l'appartement que nous avions partagé. Alors, j'ai trouvé ce petit deux-pièces et demie et, avec l'argent de l'assurance, je me suis acheté une vieille maison de ferme dans la Gatineau. Je la rénove petit à petit. Tu sais, nous les gens du nord, on a besoin de solitude, de nature et d'espace.

Les yeux de Jean-Pierre brillèrent. «Ah, j'aimerais voir ça. Tu m'y invites? Tu sais, j'suis pas si mal en menuiserie.»

—Bien sûr.

Après le départ de Jean-Pierre, elle songea à la réaction qu'elle avait eue lorsqu'il avait parlé de Donald et elle s'en voulut. Même maintenant, elle ne pouvait pas entendre prononcer ce nom sans que son coeur se mette à battre. Quand elle le verrait en personne, que serait-ce donc?

126

Elle essaya d'imaginer cette rencontre. Elle serait très digne, l'appellerait Monsieur le Ministre. On lui avait souvent reproché d'être trop réservée, de tenir les gens à distance. L'occasion serait belle d'exercer ses talents.

* * *

Les jours passèrent sans qu'il donne signe de vie. Elle commençait à se dire qu'il avait tout oublié lorsque son téléphone sonna tard dans l'après-midi. C'était Jean-Pierre à l'appareil.

—Le ministre t'attend dans son bureau à quatre heures et demie. Je ne t'en dis pas plus long car je dois partir. Je te téléphonerai.

Lorsqu'elle se présenta au bureau du ministre et se nomma, la secrétaire lui dit:

—Entrez tout droit, Madame Ranger. Le ministre vous attend.

Elle frappa légèrement à la porte et l'ouvrit. Il était assis à son bureau tout au fond de la grande pièce.

—Vous m'avez fait demander, Monsieur le Ministre?

Il releva la tête et un grand sourire éclaira son visage.

—Lima, c'est bien ma Lima, dit-il en se levant.

Elle le vit s'approcher avec une sorte de terreur. Il lui prit les deux mains et l'examina des pieds à la tête.

—Comme tu es belle, Lima. Si tu as changé, c'est pour le mieux.

Avant d'avoir pu prononcer une parole, elle s'était retrouvée dans les bras de Donald. Elle eut un moment de colère. Ah, on verrait bien s'il se croyait toujours le maître et elle l'esclave soumise.

Elle voulut le repousser, lui crier qu'il n'avait pas le droit. Mais dans le hâvre de ses bras, il lui était bien difficile d'agir. La main de Donald caressa ses cheveux. Des lèvres il lui frôla le visage puis prit tranquillement possession de sa bouche. L'odeur familière lui emplissait les narines. Elle eut un moment de vertige, puis se laissa emporter comme un fétu dans un remous.

Lorsqu'il la relâcha, à la grande honte de Rose-Delima, les larmes lui montèrent aux yeux. Larmes de frustration de voir que malgré elle, son corps répondait à celui de Donald. Larmes de rage de constater le pouvoir que ce dernier exerçait toujours sur elle.

S'il remarqua son trouble, il n'en laissa rien paraître. Il la conduisit sur le canapé et s'assit près d'elle. Il se mit à parler, à la questionner. Il semblait à la jeune femme qu'elle était dans une espèce de rêve. Elle écoutait la belle voix grave et chaleureuse de Donald, elle répondait aux questions, mais toute la scène avait un cachet d'irréalité. Si elle s'était éveillée tout à coup, elle n'aurait pas été autrement surprise. Puis elle l'entendit qui disait:

—Je dois te quitter. Je suis attendu pour une réunion spéciale du Cabinet à sept heures. Maintenant que nous nous sommes retrouvés, il faudra nous revoir. Jean-Pierre t'appellera.

Il la serra dans ses bras de nouveau, l'embrassa et la reconduisit à la porte.

Le vendredi après-midi, Jean-Pierre l'appela. Son coeur se serrait déjà à la pensée d'affronter de nouveau Donald mais Jean-Pierre se contenta de dire qu'il avait son samedi libre et qu'il aimerait la conduire à la campagne. Ils convinrent qu'il viendrait la chercher vers huit heures le lendemain.

Malgré le temps sombre et menaçant de cette matinée de juin, ils quittèrent la ville dans une ambiance de fête.

—Dommage tout de même qu'il ne fasse pas beau, dit Jean-Pierre.

—Oh, moi, tu sais, quand il pleut je me dis que ce sera excellent pour mon jardin. Ce que c'est que de devenir fermière! Ça change toute l'optique.

Ils roulaient depuis plus d'une heure dans les collines de la Gatineau lorsque Rose-Delima lui dit:

—Attention, c'est la deuxième route à droite.

Ils s'engagèrent dans une route étroite qui serpentait à travers les arbres. À un détour du chemin apparut une maison de pierre des champs coiffée d'un toit en mansarde avec pignons.

—C'est un vrai petit château, dis-donc, fit Jean-Pierre, étonné.

—Si tu l'avais vue quand je l'ai achetée, avec son perron pourri, ses fenêtres brisées... Mais j'ai saisi tout de suite ses possibilités. Jusqu'à maintenant, je me suis occupée de faire réparer l'extérieur, de la rendre étanche aux intempéries. Maintenant, je m'occupe de l'intérieur.

Elle lui fit faire le tour du propriétaire, lui montra l'escalier qui conduisait à l'étage et qu'elle décapait peu à peu.

—Tu vois, c'est du chêne solide qu'il y a sous cette affreuse peinture bleu cru. Viens voir le dehors.

À l'arrière, la porte de la salle de séjour ouvrait sur une grande galerie grillagée de facture récente. De là, une prairie descendait en pente douce vers un ruisseau qui coulait paresseusement vers la Chaudière.

—Ça me rappelle Bazil's Creek, mais en plus petit, dit Jean-Pierre.

—Oui, excepté que les berges là-bas étaient plus abruptes.

—C'est vrai, nous allions y glisser et faire du ski. Tu te souviens de ce soir d'avril où Donald a failli enfiler sous la glace? Toujours le premier, comme d'habitude. Puis alors qu'il descendait à toute vitesse, il s'est soudain aperçu que la crue du printemps avait miné la glace.

—Il a frôlé la mort de près.

—Oui, mais il a toujours eu l'esprit présent, Donald. Quand il a vu qu'il pouvait pas s'arrêter parce que la surface de la neige était glacée par le dégel, il s'est jeté de côté et a eu le temps de s'agripper aux arbustes. Nous en avons eu des aventures, nous trois, hein?

—Oui, dit brièvement Rose-Delima. Viens, je vais te montrer les changements que je veux faire à l'intérieur.

C'est avec soulagement qu'elle lut dans le journal que le ministre des Ressources naturelles partait pour une tournée des provinces de l'Ouest. Elle avait besoin de réfléchir, de se ressaisir. Jean-Pierre avait beau dire qu'il était très soucieux de ne pas provoquer les racontars, elle avait

129

bien senti, lors de leur rencontre, qu'il avait agi comme le maître qui reprend tranquillement possession de son bien. Elle était «sa Lima» comme il disait.

D'ailleurs, songeait-elle, il avait toujours été comme cela. Les deux fois où il était venu à Ottawa durant la guerre, il était arrivé en coup de vent, avait bouleversé sa vie, et était reparti sans se soucier des conséquences. Comme durant les vacances à Val-d'Argent.

Elle avait été à même de mesurer sa propre vulnérabilité et savait qu'elle n'avait pas d'autre choix que la fuite. C'était bien simple. Lorsqu'il appellerait, elle trouverait une raison pour refuser. Il finirait bien par se lasser.

Deux semaines plus tard, Jean-Pierre l'appela de Winnipeg.

—Je crois que je serai de retour pour la fin de semaine. Tu vas à ta maison de campagne comme d'habitude?

—Oui.

—Je peux t'y rejoindre samedi?

Rose-Delima éclata de rire.

—Tu tombes à point. J'ai commencé à décaper les boiseries de la cuisine. Je t'assure qu'il y en a pour deux paires de main.

—Compte sur moi, si je suis de retour, bien sûr.

Le samedi suivant, elle s'éveilla avec le concert matinal des oiseaux dans la forêt environnante. La barre du jour paraissait à l'horizon. Elle aimait cette heure, alors que tout est frais, tout est renouveau.

Elle prépara son petit déjeuner et l'apporta sur la galerie grillagée d'où elle pouvait contempler son domaine. Au pied des lilas, une large bordure de fleurs annuelles soulignait d'un trait multicolore la déclivité du terrain et conduisait l'oeil jusqu'au bord du ruisseau où elle avait planté des touffes d'iris bleus et mauves parmi les fougères.

Si Jean-Pierre venait, elle se ferait aider pour défaire la cloison de la cuisine. Une fois ce mur remplacé par un comptoir, on aurait le champ libre pour admirer le jardin par les grandes baies vitrées de la véranda. La maison n'en paraîtrait que plus spacieuse et tellement plus éclairée. Depuis qu'elle avait eu cette idée, il lui tardait de la mettre à exécution. En attendant, elle se mit à décaper patiemment les chassis des fenêtres.

Le ronronnement d'un moteur et le crissement des pneus sur le sable annoncèrent l'arrivant, puis on frappa à la porte.

—Entre, voyons, c'est ouvert.

La porte s'ouvrit et Donald parut sur le seuil. Pétrifiée, elle demeura immobile, le regardant s'avancer.

—Eh bien, on dirait que tu vois un fantôme. Je suis là, en chair et en os.

Par la porte ouverte elle voyait la Thunderbird blanche de Jean-Pierre.

—Jean-Pierre est avec toi?

—Non, j'ai simplement emprunté sa voiture. J'avais envie de voir ton manoir et je n'étais quand même pas pour venir avec la limousine ministérielle.

Il referma la porte et s'avançant vers elle, il la prit dans ses bras sans qu'elle pût prononcer une seule parole.

—Dis donc, tu te parfumes à l'essence de térébenthine maintenant? fit-il en l'éloignant à bout de bras.

Elle s'aperçut qu'elle tenait toujours à la main le chiffon embibé de décapant. Ils se mirent à rire tous les deux et le coeur de la jeune femme s'allégea.

Elle lui expliqua ce qu'elle avait entrepris et lui fit faire le tour du propriétaire.

—Je vais t'aider, dit-il. Je ne suis pas obligé de retourner à la ville avant cinq heures. J'ai un dîner ce soir, mais rien d'ici là.

Avec le marteau et l'arrache-clou il se mit à démolir méthodiquement la cloison de la cuisine tout en laissant les montants au cas où ce serait un mur portant. Elle reprit son pinceau, son chiffon et son grattoir. Tandis qu'ils travaillaient, ils devisaient gaiement et, petit à petit, Rose-Delima sentit disparaître la tension qui l'habitait en présence de ce nouveau Donald.

À midi il l'aida à préparer les sandwichs qu'ils allèrent manger sur la véranda. Lorsqu'ils eurent fini, ils apportèrent les assiettes et les couverts à la cuisine. Au retour, il se laissa tomber sur le divan et l'attira près de lui.

—Viens te reposer un peu, Lima. Tu ne peux pas savoir ce que ça signifie pour moi une journée comme celle-ci, loin des obligations habituelles...

Avant qu'elle n'ait pu protester, il la renversa sur ses genoux et la tint pressée sur sa poitrine.

—Ni de t'avoir retrouvée, Lima, ma petite, ma belle Lima.

Elle se débattit. «Laisse-moi m'asseoir. J'ai à te parler et ce n'est pas une position propice à la conversation.»

—Au contraire, Lima, dit-il en la bécotant. Dans une discussion serrée, il faut toujours maintenir l'autre en position précaire.

—Nous ne sommes plus des enfants, Donald. Tu es marié, tu as une femme et deux enfants... Que dirait ta femme si elle nous voyait?

—Oh, tu sais, ma femme, elle préfère ses amis de Toronto, New York et Palm Beach à la vie dans cette petite ville provinciale qu'est Ottawa. Elle remplit ses obligations. Moi aussi. Je ne lui demande rien d'autre. Elle non plus.

Elle voulut protester mais il lui ferma la bouche de ses lèvres.

Lorsqu'il la quitta à la fin de l'après-midi, elle suivit des yeux la Thunderbird blanche tant qu'elle put la voir. Très lucidement, elle se dit que c'était là le début de l'attente. Désormais elle attendrait le coup de téléphone, elle guetterait pour voir apparaître sa voiture au tournant de la route, elle espérerait le moment libre où il pourrait la faire demander, et elle bouleverserait sa vie pour s'adapter à cette situation.

Elle les paierait cher, ses moments de bonheur, mais elle avait cessé le combat. C'était la reddition sans conditions. Et puis, au fond, elle s'en rendait compte maintenant: rien pour elle ne valait la présence de l'être aimé.

# XVII

Quoique la famille s'attendît à ce qu'elle passe, comme d'habitude, ses vacances au lac des Roseaux, Rose-Delima revint dans sa maison de la Gatineau après seulement une semaine d'absence. Il lui semblait qu'elle y retrouvait la présence de Donald. C'était devenu un peu sa maison aussi. Il y avait le comptoir de la cuisine qu'il avait fait construire par un menuisier, le carré de framboisiers qu'il avait planté de ses mains, l'angle du jardin où il se proposait de faire un barrage dans le ruisseau pour créer un bassin.

Maintenant que les beaux jours étaient revenus, que le jardin était dans la splendeur de la mi-été, elle était seule. Donald voyageait en Europe avec sa famille. Il ne serait de retour au pays qu'en août et alors il partagerait son temps entre son bureau de circonscription et Ottawa.

Depuis ce premier samedi où Donald était venu à la maison de campagne avec la voiture de Jean-Pierre—il y avait de cela plus d'un an—elle n'avait plus revu ce dernier. Elle ne lui avait guère parlé au téléphone non plus puisque d'ordinaire Donald téléphonait lui-même pour lui dire quand il viendrait à la maison de campagne, ou quand il enverrait son chauffeur la chercher avec sa voiture personnelle, non la limousine officielle, bien entendu. Il prenait tellement de place dans sa vie qu'elle n'avait plus le temps de penser à autre chose.

Aussi fut-elle surprise d'entendre la voix de Jean-Pierre au téléphone.

—Tiens, dit-elle, moi qui te croyais en vacances, loin d'ici.

—J'ai fait mon devoir: je suis allé voir mes frères et mes soeurs, toute la famille. Maintenant que je suis de retour, je peux t'inviter à dîner?

—Si tu es libre samedi, viens plutôt me retrouver chez moi, à la campagne. Je te montrerai tout ce qui a été accompli. Tu ne reconnaîtras plus la maison.

—D'accord, j'aimerais bien. À samedi, alors.

Lorsqu'elle eut raccroché, Rose-Delima se sentit un peu coupable. Elle n'avait jamais même songé à inviter Jean-Pierre. C'était pourtant un excellent ami, et il faisait partie de son enfance au même titre que Donald. Cependant, lorsqu'elle vit la voiture blanche s'avancer sur la route, le samedi suivant, elle ne put s'empêcher de penser à ce matin du printemps dernier où Donald était revenu dans sa vie.

Jean-Pierre parut gai, rajeuni.

—Je voulais t'inviter à dîner mais puisque nous nous retrouvons dans ce décor enchanteur, je t'invite plutôt à pique-niquer.

Déposant un panier sur la table, il se mit à le déballer avec de grands gestes de magicien qui tire un lapin d'un chapeau:

—Voici une salade italienne et de bons petits cannelloni de chez Imbros, un fromage fabriqué par les saints moines d'Oka, du pain français, des fruits, et pour arroser tout cela, une bouteille de cet excellent élixir préparé par la Veuve Clicquot, une grande bienfaitrice de l'humanité, celle-là.

—C'est un véritable festin, dis donc. Qu'est-ce que tu célèbres? Tu te maries?

—Ah, belle amie, je voudrais bien, mais j'ai bien peur que ça ne soit pas pour demain. Fais-moi voir tes rénovations et quand nous en serons à sabler le champagne, je te dirai pourquoi je suis si heureux.

—Si tu veux, dit Rose-Delima, intriguée. D'abord, je mets au frigo ce qui doit y aller et je mets tes cannelloni au four. Comme il est déjà onze heures et demie, je n'aurai pas trop longtemps à attendre pour y goûter. Maintenant, viens constater les miracles accomplis.

Lorsqu'ils se mirent à table, Jean-Pierre ouvrit la bouteille, remplit les flûtes, et levant son verre il dit:

—Buvons à ma libération. Je quitte le cabinet de notre cher Donald et je retourne à l'université finir mes études de médecine.

—Tu le quittes! Tu le lui as dit?

—Oui.

—Quelle a été sa réaction?

Jean-Pierre ne répondit pas tout de suite. Il évoquait la scène qui s'était déroulée dans le bureau du ministre alors que Donald lui avait dit:

—J'ai décidé d'embaucher cette jeune avocate qui nous a si bien secondés lors de ma dernière tournée dans ma circonscription. Tu feras le nécessaire. Je crois qu'elle sera une addition précieuse à notre personnel.

—Sans compter qu'elle est très décorative, n'est-ce pas?

Donald avait souri. «En effet. Ça ne nuit pas.»

—Est-ce que tu trouves que tu es juste envers Rose-Delima? Que feras-tu le jour où elle apprendra qu'elle n'est pas la seule, que tu n'es pas l'homme d'une seule femme, ni même de deux?

Le sourire de Donald avait disparu.

—C'est une menace? avait-il demandé sèchement. Tu sais que je pourrais exiger ta démission pour une remarque pareille?

—L'honorable ministre me connaît mieux que ça. Tout le temps où j'ai été à son service, il a été assuré de mon entière loyauté et de ma discrétion. Et il pourra continuer d'en jouir lorsque je l'aurai quitté. J'ai bien l'honneur de lui présenter ma démission.

Donald s'était levé et l'avait regardé avec colère.

—Tu es idiot ou quoi ce matin? Vas-tu m'expliquer à la fin?

Jean-Pierre lui avait expliqué.

—Alors, persista Rose-Delima, qu'est-ce qu'il a dit? Tu vas lui manquer, tu sais.

—Il a compris que je voulais retourner aux études, me faire une carrière, une vie à moi. Et puis, un de perdu, dix de trouvés. Pour un homme comme lui, il y a toujours plein de jeunes ambitieux qui ne demandent pas mieux que de naviguer dans son sillage.

En silence, Rose-Delima se mit à servir. Tandis qu'ils mangeaient, Jean-Pierre continua:

—Te souviens-tu quand nous étions enfants? C'était toujours Donald qui décidait à quoi nous allions jouer, ce que nous allions faire. Et nous nous sommes toujours pliés à ses caprices. J'ai trente-quatre ans, Lima. Il est grand temps que je prenne ma vie en main avant qu'il soit trop tard. Sinon je passerai le reste de mes jours à attendre qu'on me dise si je dois aller à la pêche ou faire une promenade à bicyclette, figurativement parlant, bien sûr. Tu comprends?

Il se tut un moment, puis il ajouta: «Pourquoi n'en ferais-tu pas autant? Pourquoi ne pas reprendre ta vie en main, toi aussi?»

Elle leva les yeux, surprise.

—Tu sais?

—Bien sûr.

—Toute ma vie je l'ai aimé.

—Moi aussi. Et je reste son ami, quoi qu'il arrive.

Lorsqu'ils eurent desservi, Jean-Pierre proposa une promenade.

—J'ai vu une petite route près d'ici qui doit être un ancien chemin d'exploitation forestière. Allons l'explorer. Peut-être y trouverons-nous des framboises sauvages. En même temps, je te parlerai de mes projets d'avenir.

Le sentier tapissé d'aiguilles de pin était doux sous leurs pas. Une bonne odeur de végétation et de cèdre baumier régnait dans la fraîcheur du sous-bois. Tandis qu'ils suivaient les méandres du sentier, Jean-Pierre expliquait que dans deux ans il aurait fini son cours et qu'il se proposait de retourner dans le nord de l'Ontario pour y ouvrir un cabinet de médecin.

—Toi, retourner dans le nord? s'étonna Rose-Delima. Toi qui avais hâte de grandir pour quitter ce pays?

—Je l'ai quitté et maintenant je serai heureux d'y retourner. Je ne veux pas me joindre à la cohue des médecins qui veulent pratiquer dans les grandes villes où leurs confrères sont déjà trop nombreux.

La route déboucha soudain sur une prairie, une haute colline d'où l'on découvrait des fermes, des boisés, et tout là-bas dans la vallée, la Lièvre qui brillait au soleil. Ils s'assirent sur un rocher moussu.

—Parle-moi de ton mari. As-tu été heureuse? Tu dois l'avoir aimé puisque tu l'as épousé.

—Surtout, j'ai cru qu'il m'aimait, commença-t-elle lentement. Il était tellement attentif, on aurait dit qu'il ne pouvait se passer de moi. J'ai cru que je pouvais l'aider...

Elle se tut un moment, puis continua:

—Après notre mariage, j'ai compris qu'il m'avait épousée surtout pour exorciser ses démons personnels. Il avait fait la guerre comme officier de marine. Son navire avait été torpillé en haute mer et il avait survécu alors que son meilleur ami s'était noyé. J'ai cru comprendre qu'il se le reprochait, qu'il se sentait responsable d'une certaine façon. Même à moi il pouvait difficilement en parler.

—Le complexe du survivant, quoi.

—Il était sujet à des crises de dépression. Alors il noyait ses chagrins dans l'alcool. Évidemment, ça nuisait à son travail. Il s'est écrasé sur un rocher en revenant de Montréal par un bel après-midi où la route était parfaitement sèche et pratiquement déserte. Comme il n'y avait aucun témoin oculaire pour expliquer comment cet accident s'était produit, l'assurance a payé. D'après l'enquête, il faisait presque du cent milles à l'heure lorsque l'accident est arrivé.

—Tu crois qu'il s'est suicidé?

—Peut-être, mais on ne saura jamais l'entière vérité, n'est-ce pas?

Il revinrent en silence. Jean-Pierre se demandait s'il devait aborder le sujet maintenant, et de quelle façon le lui présenter. Avant de prendre congé, il se hasarda:

—Je ne t'ai pas tout dit de mes projets d'avenir. Je vais te dire le reste maintenant et je ne veux pas que tu me répondes, simplement, je veux que tu me promettes d'y penser sérieusement, et que tu voies si c'est possible...

—Mon Dieu, que de circonlocutions. Il me semble que l'on se connaît depuis assez longtemps pour se parler franchement.

—C'est justement là où c'est difficile parfois. Tu sais quand je suis descendu à ton bureau la première fois et que je t'ai vue? Tout à coup j'ai eu l'impression que je te voyais pour la première fois. Je crois bien que je suis devenu amoureux de toi, ce jour-là.

Comme elle allait parler, il l'arrêta.

—Ne dis rien, laisse moi finir. Depuis ce temps, je rêve de m'établir comme médecin dans notre pays du nord. Je rêve d'un foyer, d'une femme qui serait toi, d'enfants qui te ressembleraient. Voilà, c'est dit. Et maintenant, je m'en vais.

—Attends, il y a une chose à laquelle tu n'as pas pensé. J'aime Donald et je crois bien que je l'aimerai toute ma vie.

—Je sais, mais comme dirait ton frère Germain, y a pas d'avenir là. Je ne te demande pas de cesser de l'aimer, mais de m'aimer moi d'une façon différente. La passion n'est pas la seule base d'un mariage. Il y a aussi l'amitié, la tendresse, la confiance, le respect, le support mutuel, la joie de voir grandir ses enfants.

Il lui prit les deux mains.

—Tu sais, nous nous ressemblons un peu. Tu es victime d'un grand amour, moi rescapé d'une expérience douloureuse et d'aventures sans lendemain qui laissent le coeur sec. Je fais mes études à Ottawa, donc je reste tout près. Songe à ce que je t'ai dit, et si jamais tu as besoin d'un ami, tu m'appelles. C'est promis?

Elle fit un signe affirmatif. Il porta à ses lèvres les mains qu'il tenait prisonnières dans les siennes et partit sans se retourner.

Rose-Delima se laissa tomber dans un fauteuil et se mit à réfléchir. Elle avait dix-huit mois de plus que Jean-Pierre. Si elle ne voulait pas renoncer aux joies de la maternité, pour elle aussi le temps se faisait court.

La sonnerie du téléphone résonna dans la pièce. Elle entendit Donald dire qu'il était revenu plus tôt que prévu et qu'il la verrait probablement le lendemain matin. Cette perspective chassa toute autre pensée de son esprit.

# XVIII

À trois heures moins un quart, Rose-Delima quitta
son bureau pour se rendre au Parlement. Donald devait y
prononcer un discours important ce jour-là et elle tenait à
l'entendre. Elle suivit la foule qui s'engouffrait par les
grandes portes, gravit l'escalier et s'arrêta un moment dans
la rotonde avant de monter aux galeries publiques. À
l'extremité de la galerie ouest, elle aperçut soudain Donald
qui descendait le grand escalier de marbre avec, d'un côté
le nouveau chef de cabinet qui avait remplacé Jean-Pierre,
et de l'autre, une jeune femme blonde d'une beauté
remarquable.

Sans s'en rendre compte, elle quitta les rangs et,
s'abritant dans l'angle d'un pilier, se mit à les observer.
Donald, tourné vers la droite, s'entretenait avec son chef
de cabinet. La jeune femme était vêtue d'un tailleur d'un
vert doux qui faisait ressortir son teint rosé et ses cheveux
clairs, ainsi que d'un chandail ivoire sur lequel un collier de
jade et d'ivoire répétait les tons de l'ensemble. Arrivés au
pied de l'escalier, ils s'arrêtèrent. Donald se tourna vers la
jeune femme et lui dit quelques mots en souriant de ce
sourire tendre qu'elle connaissait si bien. Son interlocutrice
lui tendit une liasse de feuilles avec un geste et un regard
qui étaient une déclaration d'amour aussi claire que si elle
avait articulé les mots à haute voix. Le coeur douloureux,
Rose-Delima le vit disparaître par la porte qui conduisait à
la Chambre tandis que ses deux compagnons montaient
l'escalier conduisant aux gradins réservés aux
fonctionnaires.

Un long moment elle demeura sous le choc de cet
échange secret, de cette connivence qui semblait exister
entre eux, puis elle se ressaisit et se mit à monter l'escalier.

Après tout, Donald était un homme séduisant. Elle n'était pas la seule à l'avoir remarqué. Il avait toujours exercé une attirance sur les femmes.

Lentement elle gravit les marches et s'assit dans les gradins publics. À la gauche de l'Orateur, dans les loges réservées, elle vit la femme de Donald qui était venue pour l'occasion. Avec ses cheveux impeccablement coiffés, sa robe de grand couturier et son visage aux traits classiques, elle était tout à fait la patricienne venue, comme l'occasion le demandait, pour porter appui à son mari. Presque en face, dans la section des fonctionnaires, l'éblouissante beauté blonde qui, penchée en avant, guettait l'entrée des ministres de la Couronne.

Et dans les galeries publiques, lui disait un démon qui s'était logé dans son esprit depuis la conversation avec Jean-Pierre, il y a une brune imbécile qui attend de se faire dire si elle doit aller à la pêche ou à bicyclette. Figurativement parlant, aurait ajouté ce dernier.

Le rite centenaire se poursuivait en bas, dans la chambre rouge et or. Elle entendit la voix de l'Orateur qui disait: «The Chair recognizes the Honourable Minister of National Resources.»

Donald se leva. La belle voix grave et chaude se fit entendre, dominant aisément le chahut habituel qui diminua peu à peu.

* * *

Ce ne fut que deux semaines plus tard que Donald lui téléphona. Elle fut un peu étonnée que sa femme eût prolongé son séjour à Ottawa à ce point, mais elle avait l'habitude d'attendre.

Comme chaque fois, lorsque la session était en cours et que ses occupations ne lui permettaient pas de se rendre à la maison de campagne, Donald l'avait envoyé chercher et avait fait monter le dîner. Tout au long du repas il l'avait entrenue de l'introduction de la loi qu'il préparait, de la stratégie à adopter pour la faire voter en Chambre. De plus, on commençait à préparer l'élection qui se tiendrait

142

vraisemblablement dans les douze mois. Il était très important pour lui d'obtenir une bonne majorité. S'il pouvait amener assez de votes au parti, il pourrait s'attendre à se voir confier un ministère plus important.

Comme ils achevaient le repas, le téléphone sonna. Il alla répondre et lorsqu'il revint, il dit à Rose-Delima: «L'organisateur de ma circonscription est en bas avec quelqu'un qu'il veut me présenter. Il faut que je les reçoive. Veux-tu aller m'attendre dans ma chambre? Ça ne devrait pas être long.»

Elle jeta un bref coup d'oeil dans la pièce pour s'assurer qu'elle ne laissait rien qui pût révéler sa présence, se rendit dans la chambre à coucher et ferma la porte. Elle entendit arriver le garçon que Donald avait sonné pour desservir, puis l'arrivée des deux visiteurs. La discussion s'engagea. Elle ne comprenait pas ce qu'ils disaient, mais au ton des voix, la discussion paraissait animée, et ne semblait pas sur le point de finir.

Autant lire en attendant, se dit-elle en ouvrant son sac à main pour prendre le livre de poche qu'elle ne manquait pas d'y mettre. Il n'y était pas. Puis elle se souvint qu'elle avait changé de sac ce matin et qu'elle était partie à la hâte. Les voix continuaient toujours. Elle se mit à faire le tour de la pièce: il devait bien y avoir quelque chose à lire quelque part.

Dans la petite bibliothèque il n'y avait que l'Annuaire du Canada, des traités sur les ressources énergétiques, une série de Hansard reliés. Le tiroir du bureau ne contenait que des dépliants publicitaires, de la papeterie et l'inévitable Bible des Gideons; l'armoire et la commode, que du linge personnel. Il restait les deux tables de chevet. Le tiroir de la première contenait des pastilles contre le rhume et des lettres personnelles. En ouvrant le tiroir de la seconde, elle aperçut un collier de jade et d'ivoire sculpté. Les genoux lui fléchirent et elle s'assit sur le bord du lit.

Avec une clarté impitoyable, elle revit la jeune femme blonde debout en face de Donald, cette complicité entre eux, et, comme chez tous les amoureux, ce sourire secret qui les isole du reste du monde. Puis, des images insupportables affluèrent: cette jeune femme, ici même, dans les bras de Donald, dans le lit de Donald. Lui disait-il, à cette rivale, les paroles qu'il lui répétait à elle dans leurs moments de tendresse: Ma chérie, mon unique, mon oasis, la seule à qui je puisse parler librement, sans crainte, que ferais-je sans toi?

Longtemps elle pleura la fin de son rêve. Puis quand elle entendit les voix se déplacer vers la porte, elle alla dans la salle de bains se baigner le visage d'eau froide. Elle rectifia son maquillage et, sous l'impulsion du moment, alla chercher le collier et l'accrocha au bouton de porte de l'armoire à pharmacie pour qu'il le voie, et surtout, pour qu'il sache qu'elle l'avait vu.

Il ouvrit la porte de la chambre et entra en s'excusant. Il ne savait pas que cette réunion se prolongerait autant, mais il était très heureux du résultat. Vraiment, l'homme que lui avait présenté son organisateur l'avait beaucoup intéressé.

—Je me sens très fatiguée, ce soir, dit Rose-Delima. Veux-tu appeler le chauffeur pour qu'il me ramène chez moi?

—Tu n'es pas malade, j'espère?

—Non. J'ai besoin de me coucher tôt, c'est tout.

—Bon, comme tu voudras, dit-il. Se tournant, il alla appeler le chauffeur.

—Il me reste une semaine de congé annuel, dit-elle lorsqu'il revint. Je crois que je vais la prendre maintenant. Il y a longtemps que Jean-Pierre me demande de l'inviter au Lac des Roseaux, dans la propriété de Germain. J'ai le goût d'y aller. Je sens que l'air du nord me fera du bien.

—Je vous envie, tous les deux. Je voudrais être libre d'y aller moi aussi, dit-il d'un air distrait.

Il l'aida à endosser son manteau, puis il ajouta:

—Plus j'y pense, plus je crois que c'est ce jeune homme que j'ai rencontré ce soir qui devrait s'occuper de la publicité dans ma prochaine campagne électorale. Il a une imagination fertile, des idées neuves. Et bon jugement, avec ça.

Le chauffeur frappa à la porte.

—Repose-toi bien, Lima, dit-il en l'embrassant.

Visiblement, il était pris par ses problèmes.

«Et moi, je suis comme les meubles de la chambre, confortables, utiles, familiers, songea Rose-Delima tandis que la voiture la ramenait à travers les rues brillamment éclairées de la ville.»

\* \* \*

Jean-Pierre fut si heureux lorsqu'elle l'appela qu'elle sentit le besoin de mettre les choses au point afin qu'il ne se leurre pas de faux espoirs.

—Tu sais, je n'ai rien décidé. Je veux simplement retourner chez nous, là-bas, pour me reposer. Tu comprends?

—Certainement. Ça tombe bien. Moi aussi j'ai bien besoin de me reposer, maintenant que les examens sont finis. Quand veux-tu partir?

—Aussitôt que possible, après-demain, je crois. Juste le temps d'avertir le bureau que je m'absente. Si nous partons tôt le matin nous pourrons être aux Roseaux le soir même.

Il se mit à rire. «Quand tu prends une décision, ça ne traîne pas. Si je suis devant ta porte à sept heures, ça te va?»

Le surlendemain, il était là, ponctuellement, tel que promis. Ils filèrent sans arrêt, dépassant Pembroke et les derniers espoirs de trouver un restaurant avant de s'enfoncer dans la forêt vierge, et ce, malgré les protestations de Jean-Pierre que la faim tiraillait. Rose-Delima ressentait une rare impatience de quitter ces paysages trop amènes du sud, de pénétrer enfin dans le royaume du Nord, pays de l'air pur et sec, des cours d'eau sans nombre, de la forêt bruissante illimitée.

Lorsqu'enfin ils approchèrent de Mattawa, Rose-Delima, du ton d'un guide touristique, expliqua:

—C'est de ce petit bourg sur les bords de la sombre et traître Outaouais, que sont partis les explorateurs et les chercheurs d'or.

145

Ils évoquèrent le souvenir des frères Timmins, Noé et Jules, propriétaires du magasin général de l'endroit, qui avaient été récompensés de l'aide qu'ils avaient l'habitude d'apporter à ceux qui partaient en tournée de prospection en leur fournissant les vivres nécessaires au voyage. En 1903, Fred LaRose, qui travaillait comme forgeron à la construction du nouveau chemin de fer, leur avait offert des actions dans la mine d'argent qu'il venait de découvrir à Cobalt. Par là ils avaient tenu la clef qui devait les conduire d'abord aux mines d'argent en surface de Cobalt, puis aux trésors cachés dans le sol du Porcupine, des mines d'or si riches qu'elles étaient toujours en opération quarante ans plus tard.

La route descendait en pente longue, suivant l'Outaouais sombre grossie de ses affluents rocailleux, pour ensuite se perdre dans la montagne bleutée.

—Tu as bien dit qu'ils leur fournissaient des vivres, fit Jean-Pierre. J'en aurais moi-même un pressant besoin. On pourrait pas entrer dans ce restaurant, là, à gauche?

Lorsqu'ils furent à table, Rose-Delima le regarda avec curiosité:

—Tu ne m'as guère posé de questions lorsque je me suis décidée tout à coup d'accepter ton offre d'aller passer quelques jours de vacances dans le nord. Pourquoi?

—Je l'ai pris tout simplement comme un cadeau gratuit du ciel. Ils sont tellement rares que je ne pose pas de questions. Je me contente de les savourer, voilà tout.

D'un signe il appela la serveuse.

—Je meurs de faim, Mademoiselle, et nous avons encore une longue route à faire. Pourriez-vous nous servir assez rapidement? Je prends votre spécial du jour. Qu'est-ce que tu prends, Rose-Delima?

À North Bay, il bifurqua vers la gauche et suivit la rive du lac Nipissing. La jeune femme regardait l'immensité de ses flots, toujours agités comme une mer.

—Qu'est-ce que tu penses qu'Étienne Brûlé a dit quand il a débouché sur cet immense lac, le premier Blanc à le contempler? Crois-tu qu'il s'est cru dans la mer de Chine?

146

—Étienne Brûlé n'a rien dit du tout, riposta son compagnon d'une voix assurée. Il était trop occupé à regarder la fille du chef Indien dans le canot voisin. C'était un impétueux, Brûlé. Deux jours plus tard il l'avait épousée à la mode indienne, au grand déplaisir des bons Pères Récollets, il va sans dire. Non. C'est Champlain qui a demandé aux Indiens qui l'accompagnaient si c'était la mer de Chine.

—Qu'est-ce qu'ils ont répondu?

—Que c'était une mare aux canards et que bientôt ils lui montreraient un lac cent fois plus grand, le lac des Hurons.

—Là, vraiment, il a dû se croire dans la mer de Chine.

—Mais non, c'était un scientifique, Champlain. Il a goûté l'eau et il s'est écrié: Morbleu, elle est douce! Je me suis fourvoyé. Retournons en toute hâte à Québec où m'attend ma jeune épouse de treize printemps.

—Quelle chance j'ai tout de même de voyager avec un historien chevronné, dit Rose-Delima en riant. Mais nous voici vis-à-vis du boulevard Algonquin. Tourne vers le nord s'il te plaît et emprunte ce chemin qui monte tout droit vers le pôle.

La route montait par plateaux successifs vers la ligne continentale de partage des eaux. À ce temps de l'année, les bouleaux argentés étendaient en filigrane leurs branches dégarnies sur le fond de toile des conifères sombres. Seuls les trembles, arbres préférés des castors, déroulaient hâtivement leurs feuilles vert tendre.

—Voici le Lac à la Martre, annonça Jean-Pierre tout en indiquant une route qui s'enfonçait dans la forêt, bordée de quelques maisons. Ici la population, tant Blanche qu'Indienne, vit de trappe et de pêche. Voyez à votre droite le musée du trappeur.

La voiture filait à vive allure. La jeune femme regardait défiler la forêt aux essences familières. Vingt minutes plus tard il dut freiner d'urgence lorsque, au détour de la route, un superbe orignal au panache bourgeonnant et velouté du printemps apparut, barrant le chemin. L'animal les regarda un long moment, puis majestueusement il trotta vers la forêt et disparut.

—Nous avons réussi l'examen. Le royaume du nord nous souhaite la bienvenue, dit Jean-Pierre.

—Je n'en ai jamais vu d'aussi près.

—Il paraît qu'au printemps ils sont attirés par le sel qu'on met sur les routes pour se débarrasser de la neige l'hiver. On m'avait averti de m'en méfier.

Ils saluèrent au passage le lac Temagami où le bon Père Paradis se targuait de faire pousser la vigne car, disait-il, il suffisait de raser la forêt pour réchauffer le climat et rendre l'Ontario nord semblable à la Champagne. Artiste de talent, doué d'une imagination furibonde, inventeur du maringouinifuge, liquide noirâtre et nauséabond qui faisait fuir les humains plus que les insectes, il était typique des personnages originaux et excentriques dont s'enorgueillit l'histoire de cette région. Il pouvait se vanter d'avoir, au cours de sa vie, fait enrager plus de personnages importants, y compris le Saint-Père, qu'aucune autre personne de son époque.

Le soleil baissait à l'horizon lorsqu'ils approchèrent de Cobalt, site de la première mine découverte lors de la construction du chemin de fer, mine qui avait déclenché une ruée de prospecteurs vers la région. Cobalt, avec ses maisons à différentes élévations comme si un volcan avait bouillonné sous la croûte terrestre et soulevé les habitations à des angles précaires. À la sortie, il bifurqua vers la droite.

—Tu quittes la route?

—Bien sûr. On ne peut guère passer sans saluer le grand lac Temiskaming, et revoir ton pensionnat.

Lentement ils suivirent les rives du grand lac. Le soleil disparaissait derrière les collines et les ombres s'allongeaient sur les flots calmes. Seule la rive québécoise était toujours illuminée, les murs chaulés des fermes relançant les derniers rayons du soleil. L'immeuble carré de l'Académie avec ses douzaines de fenêtres illuminées se profilait sur le ciel pastel parsemé de nuages roses.

—Quand j'y suis venue, c'était la première fois qu'on se séparait, nous trois, toi, Donald et moi, dit Rose-Delima pensivement.

—On en faisait des rêves, alors.

—Tu crois que Donald a changé depuis? Crois-tu que le pouvoir l'a gâté? Penses-tu qu'il est... sincère?

Jean-Pierre ne répondit pas tout de suite. Il manoeuvra pour que la voiture s'engage dans la route qui les ramènerait au chemin principal.

—Des gens comme Donald, comme tous ceux qui deviennent dirigeants d'un pays, dit-il enfin, ne sont tout simplement pas comme nous, Lima. Pour parvenir là où ils sont—et surtout pour y demeurer—il leur faut posséder une énergie, une concentration sur le but à atteindre, une volonté invincible, une acceptation des sacrifices qu'exige leur métier, un magnétisme qui ne sont pas le lot du commun des mortels.

—Tu veux dire que Donald s'accroche au pouvoir à tout prix?

—À tout prix, non, pas nécessairement. Je crois qu'il veut sincèrement le bien de ses concitoyens, de son pays. Il lui faut quand même une bonne dose de pragmatisme.

—Et dans sa vie personnelle?

Jean-Pierre hésita , puis il dit lentement:

—La politique est une maîtresse qui ne souffre pas de passer au second rang, pour qui ou quoi que ce soit.

Il faisait maintenant presque nuit. Bercée par le mouvement, elle s'endormit.

Le cahotement de la voiture quittant la route, puis s'arrêtant tout à fait, la réveilla.

—Qu'est-ce qu'il y a? Tu es en panne?

—Mais non. Regarde un peu cette plaque de bronze. Ça dit: Arctic Watershed, c'est-à-dire, ligne de partage des eaux. Nous abordons notre pays, mais auparavant, voici du chocolat, des biscuits et des boissons gazeuses. Connaissant ta hâte d'arriver, j'ai pris soin de me procurer quelques provisions à Mattawa de crainte que tu ne m'obliges à traverser, à jeun, les quelque trois cent milles qui nous séparaient alors du but.

Ils s'assirent côte à côte sur un rocher pour goûter.

—Buvons à notre arrivée au seuil du royaume du Nord, dit Jean-Pierre en brandissant sa bouteille d'orangeade.

Il se leva et comme un officiant il alla verser un peu de son orangeade à la gauche du rocher.

—Coule vers le sud, rejoins le Saint-Laurent et là, va te perdre dans l'immensité de l'Atlantique. Dis-leur que je quitte cette fourmilière où s'agitent tant d'humains et où oeuvrent tant de confrères. Je reviens chez moi.

Solennellement il fit le tour du rocher et vint verser un peu de liquide de l'autre côté.

—Coule vers le nord, traverse la taïga et la toundra, va te perdre dans les profondeurs bleutées et mortelles de la baie James, entonna-t-il. Puisse le Royaume du Nord nous accueillir dans son sein.

—Je ne te savais pas poète.

—Il y a bien des choses de moi que tu ignores, très chère. On y va?

La lumière meurt d'une agonie lente dans ces latitudes aux longs crépuscules. Ils pouvaient encore distinguer les champs de New Liskeard, les plaines d'Earlton. Puis, de nouveau, la forêt sans fin.

Il faisait maintenant tout à fait noir. Les phares creusaient un tunnel dans l'obscurité épaisse. Au haut d'une colline, un grand loup gris traversa la route en les fixant de ses yeux de braise avant de se fondre parmi les ombres.

—Décidément, toutes les bêtes du royaume viennent nous souhaiter la bienvenue, dit Jean-Pierre. Cela me rassure. Dans une heure, nous serons à Iroquois Falls. Je crois qu'il serait sage d'aller s'acheter de quoi manger avant de se rendre au lac des Roseaux, qu'en penses-tu?

—C'est vrai. Quand j'ai appelé Germain, il m'a averti que personne n'y était allé depuis Noël. Il voulait envoyer quelqu'un porter des provisions mais je lui ai dit qu'on s'arrangerait.

Lorsqu'enfin ils débouchèrent sur les rives du lac des Roseaux, il était tard. La lune se levait au-dessus des cimes noires des épinettes. L'air était froid et sec. Rose-Delima prit une grande respiration.

—Vraiment, il n'y a qu'ici où respirer à fond c'est comme boire du bon vin.

Ils choisirent d'habiter le chalet rustique que Germain avait fait construire pour héberger les visiteurs plutôt que la maison principale. Ce serait plus petit, donc plus facile à chauffer.

—Nous allons vivre comme les pionniers, dit Jean-Pierre en se frottant les mains.

Il alla chercher du bois pour faire du feu dans l'énorme poêle de fonte et dans le foyer qui occupait l'autre extrémité de la pièce. Il actionna la pompe et remplit d'eau le réservoir du poêle afin d'avoir de l'eau chaude pour la vaisselle et les bains.

Après le repas, alors qu'ils buvaient lentement leur café devant le feu qui dévorait les bûches résineuses, Jean-Pierre s'allongea dans le fauteuil, et appuya la tête sur le dossier.

—Ah, que je suis bien. Je me rends compte que je suis parfaitement heureux en ce moment. Il faut se le dire, en prendre conscience quand ça se produit dans la vie. C'est si rare!

Il se tourna vers Rose-Delima qui distraitement fixait les flammes.

—Tu ne crois pas?

Perdue dans ses pensées, elle ne répondit pas tout d'abord. Puis lentement elle releva la tête.

—Est-ce qu'il y a d'autres femmes dans la vie de Donald? Est-il le genre d'homme à passades lorsque l'occasion s'en présente?

Du coup tout le bonheur qu'avait ressenti le jeune homme se dissipa. Avait-il été naïf de croire que si elle l'avait invité, c'était pour le mieux connaître, pour réfléchir à la possibilité de l'épouser! Au contraire, c'était uniquement pour lui tirer les vers du nez au sujet de Donald.

Il la regarda avec tristesse, puis se levant il revêtit sa veste de cuir et se dirigea vers la porte.

—Ça, Rose-Delima, c'est une question que tu ne peux pas poser à d'autres qu'à lui, dit-il en refermant la porte.

Elle se rendit compte qu'elle l'avait blessé. Quand il lui avait proposé ce voyage, il avait bien stipulé que ce serait un temps pour renouer connaissance, pour peser leur avenir à tous deux. Voilà qu'elle l'avait questionné à plusieurs reprises à propos de Donald, montrant qu'elle était toujours obsédée par lui. Elle se dit qu'elle s'en excuserait lorsqu'il reviendrait.

Le temps passait, mais Jean-Pierre ne revenait pas. Elle regarda sa montre. Presque une heure qu'il était sorti. Inquiète elle s'approcha de la fenêtre pour voir si elle ne l'apercevrait pas. La plage était déserte. Elle ouvrit la porte et s'asssura que la voiture était toujours là. Il ne pouvait être loin, à moins qu'il n'ait décidé de faire, à pied, les quelque six milles qui le séparaient du plus proche village. Elle allait revêtir son manteau pour partir à sa recherche lorsqu'on frappa à la porte. Mon Dieu, qui ça pouvait être, à cette heure?

—Qui est là? demanda-t-elle.

—Je viens pour l'annonce, dit une voix familière.

Elle ouvrit la porte. Il se tenait debout sur le perron.

—Entre, imbécile, me faire une peur pareille...

Il entra et referma la porte.

—Que Madame m'excuse si je l'ai effrayée, mais je voulais être le premier à demander la place.

—Quelle place?

—Celle d'homme de compagnie. Dès que j'ai vu la petite annonce je me suis dit que j'avais justement les qualifications pour le poste: Jeune et jolie veuve demande homme de compagnie fiable, doux et patient pendant qu'elle s'isole au bord d'un lac du nord pour réfléchir.

Elle ne put s'empêcher de sourire.

Enhardi il continua:

—Si Madame veut bien se donner la peine de me regarder vraiment elle verra que je suis assez bien de ma personne, bon oeil, toutes mes dents, assez fort pour avoir fait bonne figure dans l'équipe de football du High School de Bowman. Je sais faire la pêche, préparer le poisson et le faire cuire, fendre du bois, entretenir le poêle et le foyer à chauffer. Je peux laver la vaisselle, apporter au lit le petit déjeuner de Madame, tenir la maison propre, et même protéger Madame contre les ours affamés par le long jeûne de l'hiver. Ou contre les idées noires et les souvenirs en maraude, si tel est son désir, ajouta-t-il plus bas.

Elle le prit par le bras et appuya la tête contre son épaule.

—Cher Jean-Pierre, comme tu es gentil et patient.

Il lui caressa les cheveux un moment, puis y posa les lèvres.

—J'ai beaucoup de patience mais je ne suis qu'un homme. Ne m'en demande pas trop. Va dormir, Lima, et demain nous reparlerons de tout ça.

Il la regarda gravir l'escalier puis il se mit à remplir de bois le gros poêle afin d'entretenir la chaleur pour la nuit.

* * *

—Tu sais ce que j'aimerais faire aujourd'hui? demanda Rose-Delima alors qu'ils achevaient leur petit déjeuner.

Jean-Pierre se mit à rire.

—Loin de moi la prétention de deviner les pensées des femmes, mais parlez, ô patronne, et vos voeux seront exaucés.

—J'ai le goût d'aller marcher dans les bois. Allons faire le tour du lac.

—Aïe, aïe, as-tu songé à la distance que ça donne?

—Et puis après? On emportera un goûter et on fera un pique-nique. Après tout, les coureurs de bois en faisaient beaucoup plus.

—Oui, et ils couchaient à la belle étoile, aussi. Mais il y a pire. Il y a des ruisseaux qui alimentent et déchargent le lac. Gonflés comme ils sont par la fonte des neiges, nous ne pourrons pas les traverser. J'ai mieux à te proposer. Nous allons prendre la chaloupe et suivre le rivage. Quand tu voudras aller explorer, nous n'aurons qu'à débarquer. De cette façon, nous aurons aussi le moyen de rentrer à la maison.

Elle dut s'incliner devant la logique de tels arguments. Il alla chercher les articles de pêche que Germain rangeait dans la remise tandis qu'elle préparait le goûter, incluant les ustensiles nécessaires au cas où ils prendraient du poisson.

Jean-Pierre chargea leurs provisions et poussa la chaloupe à l'eau. Puis il tendit la main à la jeune femme qui attendait, debout sur le quai. Lorsqu'elle mit pied sur l'embarcation instable, il la prit par la taille pour la soutenir et la retint un moment contre lui.

—Je suis heureux mais je n'ose plus le dire, lui murmura-t-il à l'oreille avant de la faire asseoir à l'avant. Puis, poussant l'embarcation vers le large, il se mit à ramer énergiquement.

Le soleil montait dans le ciel mais l'air demeurait froid et léger. Une fois en eau profonde, Jean-Pierre appâta l'hameçon et laissa la trôle flotter derrière la chaloupe. Puis il attacha une bouteille de vin blanc par le goulot et la laissa tremper dans l'eau glacée du lac.

—C'est pour arroser le poisson que tu vas prendre?

—Bien sûr. J'ai quand même à mon actif une longue et glorieuse carrière de pêcheur.

La matinée avançait mais ils ne prenaient rien. Ils mirent pied à terre sur une petite grève à l'abri d'un rocher et se frayèrent un chemin jusqu'à une élévation boisée où le terrain était plus sec. Le sommet de la colline était couronné d'un peuplement dense de pins gris. Les troncs élancés et droits supportaient un toit d'aiguilles à plus de cinquante pieds de hauteur à travers lequel filtraient les rayons du soleil. Ils s'assirent sur la mousse piquée de fleurettes blanches.

—J'aime bien ce temps de l'année, dit Jean-Pierre. Les bois sont parés de couleurs tout à fait nuptiales: seulement le vert sombre des conifères, le vert pâle des trembles, et le blanc des fleurs. As-tu remarqué que toutes les fleurs sont blanches, depuis les perce-neige et les violettes jusqu'aux cerisiers à grappe et aux amélanchiers?

—C'est vrai. Ce n'est que plus tard que viendront les iris bleus, les roses sauvages, les soucis d'eau jaunes, la potentille rouge.

Il lui prit la main et la tint serrée entre les siennes. «Tu me pardonneras de toujours penser nuptialité. Je suis comme le chercheur d'or qui voit le trésor à portée de la main. Et pourtant... tu y songes sérieusement, à notre avenir à tous deux?»

Il la regardait anxieusement de ses yeux noirs.

Elle fit signe que oui.

—Et tu me rendras réponse avant que nous retournions là-bas?

—Je te le promets.

Il appuya ses lèvres sur son poignet, puis d'un bond il se releva et lui tendit la main.

—Allons pêcher. Ce lac fourmille de poissons. Il ne sera pas dit qu'un pêcheur chevronné comme moi soit revenu bredouille.

Cette fois, ils eurent plus de chance. Malgré le souhait de Jean-Pierre de prendre un doré ou une truite saumonée, ils durent se contenter de deux brochets.

—Il est déjà onze heures passées, dit Jean-Pierre. Regarde là-bas la jolie petite île. Allons-y pour le pique-nique. Le temps de préparer le poisson, de le faire cuire, de faire le thé... Je commence à avoir faim.

Sans attendre sa réponse, il y dirigea l'embarcation.

Les yeux fixés au large, Rose-Delima regardait approcher la petite île couronnée de grands pins, leur île, là où pour la première fois elle avait connu l'amour avec Donald. Elle revoyait le jeune visage aux yeux bruns pailletés d'or, couronné de cheveux blonds qui se détachait sur le ciel d'un bleu intense, le sourire éclatant, la bouche sensuelle qui avait emprisonné la sienne. Elle entendait sa voix caressante qui disait: «Lima, ma petite Lima, Lima qui, comme le bon Dieu du petit catéchisme, a toujours été et sera toujours...»

La chaloupe s'arrêta dans le sable. Tandis que son compagnon cherchait du bois sec pour faire du feu, et préparait le repas, la jeune femme, assise sur un tronc d'arbre tombé, regardait les lieux familiers témoins de ses amours de vacances. Se pouvait-il que ce fût fini?

—C'est prêt, viens manger, cria Jean-Pierre.

Comme elle ne bougeait pas, il s'approcha.

—Hé, belle rêveuse, Madame est servie.

Puis il s'aperçut qu'elle pleurait.

—Lima, qu'est-ce que tu as? Tu veux me le dire?

Elle fit signe que non.

—Bon, comme tu voudras. Viens tout de même manger, dit-il en l'aidant à se relever. Passant un bras amical autour de ses épaules, il la fit asseoir sur la couverture qu'il avait étendue près du feu et se mit à remplir son assiette. Ils commençaient à manger lorsqu'il bondit soudain.

—Mon vin! J'avais complètement oublié. J'espère que la bouteille ne s'est pas cassée à l'abordage.

Il courut à la chaloupe et revint, triomphant. Versant deux généreuses rasades, il lui tendit un verre et leva le sien.

—Je bois à nos bonheurs futurs.

Voyant que les yeux de Rose-Delima étaient pleins de larmes, il ajouta:

—Quel est le poète qui a dit que les larmes étaient l'écho des bonheurs passés?

Les larmes de Rose-Delima redoublèrent. Il la regarda un moment, puis, se levant, il lança un cri guttural et se mit à exécuter une danse indienne autour du feu.

—Grand Manitou, scandait-il, j'en appelle à toi. Chasse les mauvais esprits de ces lieux.

Il dansait de façon si endiablée que la jeune femme ne put s'empêcher de sourire.

—Voyons, viens manger, grand fou, ça va être froid.

Il se laissa tomber près d'elle et reprit son assiette.

—Que veux-tu, c'est l'atavisme. Surtout en forêt, ça me reprend. Mon arrière-grand-mère était abénaquise. C'est ce qui explique mes rudes cheveux noirs, mes yeux perçants et mon visage impassible. Un peu plus de vin?

Ils revinrent lentement, en suivant la rive. Jean-Pierre prit deux autres poissons. De retour à la maison, la jeune femme s'éclipsa et se retira dans sa chambre.

Comme le soleil approchait de la cime des arbres, Jean-Pierre alla frapper à sa porte.

—Viens faire une petite promenade avant souper. J'ai quelque chose à te montrer.

Ils sortirent de la maison et suivirent la rive jusqu'à une pente douce qui s'élevait à faible distance. Du haut de cette colline, on dominait le lac et la grève sablonneuse.

—Tu m'as bien dit que Germain avait acheté tout ce côté du lac en même temps que le chalet des Gray?

—Oui.

—Alors je vais lui demander de me vendre ce morceau de terrain. Si j'étais son beau-frère, il consentirait sans doute. Et là, nous bâtirions notre refuge, en bois rond comme les maisons de Germain. Au rez-de-chaussée, je verrais une grande salle de séjour avec fenêtre panoramique sur le lac. À l'arrière, une grande cuisine de campagne. À l'étage, en avant, notre chambre avec balcon sur le lac, et autant d'autres chambres que tu jugeras nécessaires. Qu'en dis-tu?

Elle secoua la tête.

—Je ne sais pas. Je ne sais vraiment pas.

Après le repas du soir, assis devant le feu de bois pétillant, il se mit à lui raconter ce qui s'était passé durant ses années chez Tante Émilia à Montréal, et le drame qui s'était déroulé chez les Karam.

—Tu l'aimais, cette Leila?

—Oui. Maintenant je peux sourire en songeant à cet étudiant naïf et maladroit qui se mourait d'amour pour ses beaux yeux. Dans le temps, ça m'a fait très mal.

—Et c'est possible d'oublier?

—Oublier, non. Aimer de nouveau, j'en ai la preuve. Quand je t'ai vue et que je me suis rendu compte que j'étais prêt à aimer de nouveau, qu'en fait, je t'aimais, j'ai été heureux. Même si ça me paraissait presque aussi désespéré qu'avec Leila. Avant que j'aie pu y voir clair, Donald t'avais reprise. Mais j'avais quand même eu la preuve que je pouvais aimer de nouveau.

Il se leva et s'agenouillant devant elle il lui prit les deux mains. «Je t'aime, Lima, assez pour nous deux, je crois.»

Il l'attira vers lui. D'abord elle s'abandonna à la chaleur de ces bras qui l'entouraient comme un refuge. Mais lorsqu'elle sentit les lèvres qui cherchaient les siennes, elle le repoussa.

—Pardonne-moi, je ne peux pas.

Il la relâcha aussitôt.

—J'attendrai, Lima. Je t'aime assez pour attendre.

—Comme tu es bon, Jean-Pierre.

—Ce que je voudrais entendre c'est: Comme je t'aime, mon amour, mais ça viendra, un jour, j'en suis sûr. Je ne perds pas confiance, comme tu vois. Et maintenant, je vais m'occuper du poêle avant d'aller dormir.

Quand il revint avec une brassée de bois, elle était montée dans sa chambre.

Mécaniquement, il remplit le poêle, s'assura que le rideau de la cheminée était bien tiré. Puis il s'assit dans le fauteuil. Intérieurement, sa confiance était moins grande qu'il ne l'avait laissé entendre, et Donald était un redoutable adversaire. L'idée que peut-être il ne pourrait pas la gagner avant de retourner à Ottawa le désespéra et ce fut en ruminant des pensées sombres qu'il monta se coucher. De la lumière filtrait sous la porte de Rose-Delima, mais son instinct l'avertit qu'il ne gagnerait rien à la brusquer. Avec un soupir il pénétra dans sa chambre. Après tout, il leur restait encore trois jours.

Le lendemain matin, il prépara le petit déjeuner, mais Rose-Delima ne descendait pas. Il attendit, mais voyant que la matinée avançait, il devint inquiet. Se pouvait-il...

Il grimpa l'escalier à la hâte et frappa à sa porte.

—Lima, tu n'es pas malade? Lima, tu m'entends?

Une voix ensommeillée lui répondit:

—Quelle heure est-il?

—Presque neuf heures et demie. Toi d'ordinaire si matinale, je me demandais ce qui t'arrivait.

—Je viens.

Il réchauffa le café et mit le bacon et les oeufs à cuire. La bonne odeur la fit bientôt sortir de sa chambre.

—Dis donc, je crois que j'ai très faim, dit-elle en s'attablant. J'ai mis beaucoup de temps à m'endormir hier soir, alors ce matin je reprenais le temps perdu.

—Si j'avais su, je ne t'aurais pas réveillée. Excuse-moi.

—Je ne vais quand même pas passer la journée au lit.

Jean-Pierre indiqua la fenêtre où l'on voyait de gros nuages sombres qui s'avançaient en rangs serrés, poussés par le vent.

—J'ai l'impression qu'aujourd'hui nous aurons une journée pluvieuse, bonne tout au plus à lire au coin du feu ou à jouer aux cartes.

—Tu crois qu'on aurait le temps de faire une promenade avant que la pluie commence?

—Oui, si on y va tout de suite.

Ils sortirent et Rose-Delima l'entraîna vers la colline où il lui avait expliqué vouloir bâtir leur maison.

—Tu vois, expliqua-t-elle, plutôt qu'une structure carrée je verrais plutôt quelque chose de rectangulaire, avec le salon et la cuisine à l'avant, donnant sur le lac.

Il la regarda, ému, n'osant croire.

—Pourquoi?

—Pour que je puisse surveiller les enfants tout en préparant le repas.

—Mais alors, c'est oui?

Il la regardait, anxieux. Elle sourit et fit un signe affirmatif.

—Tu es sûre?

—Je suis sûre.

Il la saisit et l'embrassa à l'étouffer. Puis la soulevant dans ses bras il la présenta au ciel comme une offrande, en criant:

—Grand Manitou, je te rends grâce, elle veut!

Puis se tournant vers le lac, et ensuite, vers la forêt, il cria: «Elle veut, Grand Manitou, elle veut!»

La tenant toujours dans ses bras, il partit au pas de charge en direction de la maison.

—Voyons, qu'est-ce que tu fais? Tu es fou. Pose-moi par terre. Un peu de tenue, tout de même. C'est sérieux, l'amour, le mariage.

Il s'arrêta net.

—Ce n'est pas sérieux du tout. C'est ce qu'il y a de plus gai, de plus joyeux, de plus excitant!

Il reprit sa course folle.

—Où m'emmènes-tu comme ça?

—À la maison, pour que se produise l'irréparable avant que tu ne changes d'idée!

\* \* \*

Deux jours plus tard, ils reprenaient le chemin de la capitale, serrés l'un contre l'autre sur la banquette de la voiture comme deux oiseaux dans un nid.

—Il faut le dire à Donald, dit soudain Rose-Delima.

—C'est là une chose que tu devras faire toi-même, mon amour.

—Je vais lui téléphoner.

—Je préférerais que tu lui dises en personne. Je veux que ce soit une chose finie, sans ambiguïté, tu comprends? Il faut que tu sois assez forte et assez sûre de toi pour lui dire face à face. Si j'allais te perdre maintenant, ou plus tard... j'aime mieux ne pas y penser.

Elle posa la tête sur son épaule. «Rien ne nous séparera, ne crains rien. Où devrais-je le voir?»

—Pour mettre toutes les chances de mon côté, je préférerais que tu prennes rendez-vous pour le voir à son bureau. Ce n'est pas pour rien que les journalistes parlent de son charisme.

Au jour fixé, ce fut avec trépidation qu'elle prit l'ascenseur qui conduisait à son bureau. Lorsqu'elle entra, Donald se leva et vint vers elle les bras ouverts.

—Lima, j'avais hâte que tu reviennes. Tu as eu de bonnes vacances?

Elle l'esquiva et alla s'asseoir de l'autre côté de la pièce. Il tira une chaise et vint s'asseoir en face d'elle.

—Tu es fâchée? C'est à cause du collier? Tu sais, je peux expliquer...

—Ce n'est pas la peine, Donald. Je quitte le ministère et je viens te dire au revoir. Je vais épouser Jean-Pierre.

Il eut un cri du coeur. «Comment peux-tu l'épouser alors que c'est moi que tu aimes?»

Il s'était levé et l'attirait à lui.

—Tu ne m'aimes plus, Lima? Regarde-moi et dis-moi que tu m'aimes plus.

Le visage de Donald était tout près du sien. Les yeux sombres, impératifs, plongeaient dans les siens. Les larmes se mirent à couler sur les joues de Rose-Delima.

—Je t'aimerai toujours, Donald, mais toi, si tu m'aimes, laisse-moi partir, je t'en supplie.

Les mains de Donald lui serraient les bras à lui faire mal.

—C'est ce que tu veux?

—Oui.

Il la regarda un moment. «Si je voulais, je pourrais te reprendre.»

Comme elle allait parler, il ajouta: «Ne dis rien. Je ne veux pas savoir.»

Il la relâcha et alla se mettre debout devant la fenêtre, le dos tourné.

—C'est pour quand, les noces?

—Dans deux semaines.

—Alors, tous mes voeux de bonheur, dit-il sans se retourner.

Avant de sortir, elle se tourna vers lui.

—Tu sais, Donald, nous restons toujours des amis, nous trois. Jean-Pierre va retourner en Ontario nord pour ouvrir son cabinet de médecin. J'espère que tu viendras nous voir.

Il ne répondit pas et resta le dos tourné à regarder par la fenêtre. Elle referma la porte et s'éloigna rapidement.

# XIX

Tandis que la voiture filait sur la route par un après-midi d'automne gris et froid, Germain Marchessault se disait que somme toute il était assez satisfait de l'état actuel des choses.

Il avait trois beaux enfants qui grandissaient. Même que son aîné, Eugène, maintenant adolescent, montrait de nettes aptitudes pour les affaires. Et puis, il y avait ses soeurs et frères pour qui il s'était toujours senti responsable, même lorsque le père vivait. Albert était curé; Paul, hélas, ne reviendrait plus. Ses deux soeurs étaient bien casées. Bernadette, la plus jeune, avait épousé Guy Nolet, son bras droit. Et alors qu'il désespérait de Rose-Delima, elle avait soudainement recouvré la raison, signifiant son congé au beau Donald Stewart et épousant Jean-Pierre Debrettigny.

Au cours des derniers cinq ans, ses affaires avaient prospéré. La chaîne d'hôtels Prince Arthur Inn était passée de deux à six établissements, un nouveau chaque année. Et tous avaient des taux d'occupation intéressants, sauf celui d'Ottawa qu'il avait l'intention de visiter en dernier lors de la présente tournée d'inspection.

Quand il arrêta la voiture sous la marquise de l'hôtel, il ne put se défendre d'un sentiment de fierté. Il y avait loin du champ de chou de Val-d'Argent, sa première incursion en affaires, à la chaîne d'hôtels modestes mais confortables que constituaient les Prince Arthur Inns.

Vers la fin de l'après-midi, lorsqu'il eut complété son examen des comptes et de l'inventaire de l'établissement d'Ottawa, il se dit qu'il n'avait plus de choix: il lui fallait au plus tôt renvoyer l'incompétent à qui il en avait confié la direction. Pour une fois, son instinct n'avait pas fonc-

163

tionné. Il s'était laissé éblouir par les diplômes obtenus d'écoles d'hôtellerie prestigieuses. Manifestement, ces parchemins n'avaient pas apporté de sens pratique à celui qui les avait obtenus.

«Bon Dieu, se dit-il, il me semble que ce n'est pas trop difficile à comprendre. Dans l'hôtellerie, il faut viser une classe particulière et diriger ses efforts vers ce secteur.»

Ainsi, les Prince Arthur Inns étaient fréquentés par les cadres moyens plutôt que par leurs patrons, par les voyageurs de commerce, les familles en vacances. Ces gens-là n'étaient pas à la recherche d'exotisme. Pourquoi ces caisses de verres à vin de diverses grandeurs, ces douzaines de chariots chauffants pour le service aux chambres, tous ces ingrédients pour des mets recherchés? Se croyait-il à la tête du Château Laurier? Ce qu'il fallait, c'était un entretien impeccable, une cuisine simple mais bonne, une ambiance de chez-soi.

Mais par qui le remplacer? Mentalement il passa en revue les employés des autres établissements et arrêta son choix sur le directeur de l'hôtel de Sudbury. Le directeur adjoint de North Bay pourrait prendre sa place.

Tandis qu'il réfléchissait, il chercha un calendrier. Il faudrait s'arranger pour que le changement de direction se fasse au plus tôt, quitte à payer un dédommagement au directeur actuel. C'était le 15 septembre... Il se souvint soudain que l'anniversaire de naissance de Georgette tombait le lendemain. Encore un peu et il l'oubliait. Bon, il ferait un saut chez Freiman's. Il restait encore une bonne heure avant la fermeture du magasin.

Vu le flot des fonctionnaires qui quittaient les bureaux et le stationnement difficile, il était presque six heures moins quart lorsqu'il pénétra dans le magasin. Il n'avait pas la moindre idée de ce qu'il pourrait bien lui offrir en cadeau. Heureusement, au rayon des dames, il vit une superbe robe d'intérieur de velours turquoise avec un petit col et des poignets perlés. Tout à fait la couleur qui plaisait à Georgette. Il l'acheta et tandis qu'il attendait que la préposée à l'emballage lui remette le colis enrubanné, ses yeux se portèrent sur une jeune femme qui rangeait des flacons de parfum dans une armoire vitrée en préparation pour la fermeture. Elle se retourna et le coeur de Germain fit un bond dans sa poitrine: Élise! Ce ne pouvait être qu'Élise.

Il se mit à l'examiner. Ses cheveux noirs, soyeux et brillants, retombaient sur ses épaules en lui couvrant un oeil à la façon de Veronica Lake. Elle avait changé sa coiffure mais il n'y avait pas de doute: c'était bien elle. Comme il l'avait aimée lorsqu'il avait dix-huit ans et qu'elle travaillait à la banque! Et comme elle avait eu des mots cruels à son égard lorsqu'ils s'étaient quittés!

C'était l'heure de fermeture. Elle allait donc quitter l'établissement bientôt. S'il pouvait récupérer sa voiture assez rapidement, il pourrait l'intercepter à la sortie, comme il le faisait autrefois.

—Pardon, Madame. Pouvez-vous m'indiquer la porte que les employés utilisent lorsqu'ils quittent le travail? demanda-t-il à la dame mûre qui était en train de fixer un chou de ruban argenté au papier rose de l'emballage.

—C'est Mademoiselle, corrigea-t-elle d'un ton acerbe. Les employés sortent par la rue George. On ferme les autres portes à clef à six heures.

—Merci, Mademoiselle, fit-il en s'emparant du colis et en s'éloignant rapidement tandis qu'elle s'écriait: «Mais attendez donc, Monsieur, je n'ai pas fini!»

Lorsqu'il parvint à la ruelle à l'arrière du magasin, il n'y avait qu'un espace où garer la voiture pour surveiller la sortie: devant une borne-fontaine. Tant pis. De toute façon il allait rester au volant. La foule des employés s'écoulait par la grande porte.

«Pourvu que je ne l'aie pas manquée, se dit-il.»

Puis il la vit sortir en compagnie d'un beau grand jeune homme. Tous deux s'éloignèrent rapidement.

«J'aurais dû penser qu'une femme aussi attrayante ne manquerait pas d'admirateurs,» maugréa Germain entre ses dents.

Il hésita un moment, puis il se dit qu'il n'allait quand même pas la perdre de nouveau.

La grosse voiture démarra avec un ronronnement et vint se ranger près de l'intersection où Élise et son compagnon attendaient le feu vert. Germain baissa la glace et la héla:

—Madame Élise? Est-ce que je peux vous ramener chez vous? C'est sur mon chemin.

Elle s'arrêta, interloquée, le fixant de ses grands yeux noirs. Puis il vit qu'elle l'avait reconnu.

—Vous vous souvenez de moi, n'est-ce pas? Je suis votre ancien client de Val-d'Argent. Puis-je vous ramener chez vous? Je crois qu'on va avoir un orage.

Le compagnon d'Élise regardait la belle Cadillac noire et l'homme au volant dont les cheveux roux étaient mêlés de fils d'argent.

—Tu connais cet homme-là, Élise?

—Oui, depuis très longtemps.

Sans tenir compte des voitures qui klaxonnaient derrière lui, Germain descendit et vint ouvrir la portière.

—Monte, Élise, je t'en prie.

Elle hésita un moment puis se tourna vers son compagnon.

—Bonsoir, Stan. Je te verrai demain. C'est un très vieil ami.

Elle monta dans la voiture et s'assit sur la banquette moëlleuse. Germain reprit le volant et démarra.

—Tu as l'air bien, Élise. Il y a longtemps que tu vis à Ottawa?

—Assez longtemps. Et toi, tu as l'air d'avoir bien réussi. Ce n'est plus la camionnette d'autrefois.

—Je n'ai pas à me plaindre. Dis donc, je suis seulement de passage à Ottawa. J'aimerais bien avoir un moment pour jaser avec toi. Je peux t'inviter à dîner au restaurant?

—Merci, mais il faut que je rentre. Mon fils revient de l'école et la gardienne n'aime pas ça quand je suis en retard.

—C'est vrai, le petit. Il doit être un grand garçon maintenant. Écoute, on va aller le chercher et on l'amènera avec nous.

—Mais non, j'en ai deux. J'ai une petite fille de trois ans.

—Quoi? Maurice est revenu?

—Non.

Une pluie torrentielle se mit à tomber avec une telle violence que malgré les essuie-glaces on y voyait à peine. Le flot de la circulation s'en trouva encore ralenti.

—Tu veux savoir comment il se fait que j'ai une fille?

—Pas vraiment. Je ne suis pas ton père.

Elle se tut. Seul le tambourinement de la pluie sur le métal de la voiture remplissait le silence. Soudain, elle éclata:

—Je ne suis pas faite de bois, tu sais, mais bien de chair humaine. Encore une fois j'ai cru qu'il m'aimait. Il était de mon peuple, lui. Mais cette fois, je suis guérie, bien guérie, pour toujours.

Germain chercha la main d'Élise sur la banquette et, l'ayant trouvée, il la tint serrée dans la sienne.

—Je te l'ai dit, Élise, je ne te juge pas. On a tous besoin d'amour. Au fait, où habites-tu?

—Au 243 de la rue Rideau.

—Bon, j'aurais dû partir vers l'est, alors. Tant pis, je reviendrai par Laurier.

Le 243 se trouva être une vieille maison étroite et haute. Élise habitait un deux pièces et demie au sous-sol. Au rez-de-chaussée se trouvait une cordonnerie.

—Tu me permets d'entrer un moment?

—Si tu veux.

Il la suivit dans le couloir et dans l'escalier sombre. Elle ouvrit la porte au bas de l'escalier et ils se trouvèrent dans une pièce qui servait à la fois de cuisine et de salle de séjour. Au fond, une porte ouvrait sur la chambre à coucher et, à droite, une autre sur une salle de bains exiguë.

Assise dans une berceuse, une femme d'une cinquantaine d'années tricotait. Un adolescent, ses cahiers et ses livres épars sur la table de cuisine, faisait ses devoirs, tandis qu'une fillette s'amusait dans un coin avec des casseroles. Élise fit les présentations:

—Voici Madame Applebaum, la dame du troisième, mon fils Gérald et ma fille, Rita.

Madame Applebaum parut impressionnée par ce monsieur si élégamment vêtu. Elle salua et se préparait à sortir lorsque Germain la retint.

—Si vous vouliez bien garder les enfants ce soir, je voudrais inviter Madame Dauvers au restaurant. Je suis prêt à payer votre temps.

—C'est que je devais sortir avec ma belle-soeur...

Gemain tira un billet de banque de sa poche et le lui tendit.

—Pensez-vous que ceci serait compensation suffisante pour le dérangement?

Les yeux de Madame Applebaum brillèrent de convoitise.

—Mais oui, Monsieur.

—Alors, dit Germain gaiement, va mettre une jolie robe, Élise, et allons nous amuser un peu.

Lorsqu'ils furent de nouveau dans la voiture, il lui demanda si elle avait un restaurant préféré.

—Oh, moi, tu sais, je m'y connais pas tellement en restaurants. Je te laisse choisir.

—Bon, cuisine française, chinoise ou italienne?

—Chinoise. C'est si amusant tous ces plats.

Pendant qu'ils dînaient, Germain regardait le visage d'Élise, les pommettes hautes, le front ivoire maintenant partiellement caché par le bandeau soyeux de ses cheveux sombres, et les sourcils délicats comme des ailes de papillon noir. La communication entre eux était facile, la conversation avait repris comme autrefois.

Il apprit que Miss Fortley, après le décès de sa mère, avait réintégré son emploi. Avec son fils, Élise avait dû retourner à la réserve indienne où son père était chef. Plus tard, elle avait travaillé dans des usines de guerre à Hamilton. Après la guerre elle était venue rejoindre un oncle à Ottawa, manutentionnaire chez Freiman's. Il avait réussi à la faire embaucher au rayon des cosmétiques.

De son côté il parla de la mort de Paul, des entreprises qu'il dirigeait avec l'aide de Guy Nolet, maintenant devenu

son beau-frère. À dessein il tut le fait qu'il était propriétaire de l'hôtel Prince Arthur Inn d'Ottawa. Il s'agissait de
ne pas l'effrayer.

À la fin du repas, il lui proposa de l'emmener danser.

—J'ai le goût de m'amuser un peu. J'ai eu une dure
journée, pas toi?

Elle le regarda un long moment.

—Et ta femme, qu'est-ce qu'elle dirait de ça?

—Ma femme, elle est dans toutes sortes d'organisa-
tions. Elle voyage avec des amis à Montréal, à Toronto, à
Ottawa, et que sais-je encore. Je ne lui demande pas, lorsqu'elle rentre de voyage, si elle a dansé avec un homme. Et
comprends-moi bien. C'est tout ce que je te demande,
Élise, de venir danser une heure ou deux avec moi.

Elle adorait danser et se laissa convaincre.

Ils allèrent dans un club du chemin d'Aylmer. Sous
l'influence de la musique et du Pink Lady qu'il lui avait
commandé, ses yeux brillaient. Elle riait facilement et dansait avec une grâce naturelle et légère. Il se refusa le plaisir
de serrer contre lui le corps souple et mince. Cette fois-ci, il
n'était plus le jeune homme maladroit de jadis. Il fallait
éviter qu'elle ne prenne peur. Pour l'instant, il se devait de
demeurer pour elle un joyeux compagnon, un copain sans
arrière-pensée. Il se montra même raisonnable en
suggérant qu'ils ne devraient pas rentrer trop tard pour ne
pas faire veiller Madame Applebaum jusqu'à des heures
indues.

Une fois devant sa porte, il lui serra la main en lui
disant qu'il y avait longtemps qu'il n'avait pas passé de soirée aussi agréable et qu'il espérait que si jamais ses affaires
le ramenaient à Ottawa, ils pourraient se revoir. Il lui sou-
haita le bonsoir et la quitta avant qu'elle n'eut pu
répondre.

Intérieurement il se disait qu'elle ne lui échapperait
plus. Cette fois, il saurait attendre. S'il y avait une leçon
que la pratique des affaires lui avait apprise c'était qu'il
fallait savoir attendre le moment propice—puis agir sans
tarder. Jusqu'à maintenant, il avait toujours obtenu ce qu'il
voulait, et il y avait longtemps qu'il n'avait pas voulu quel-

que chose autant que cette mince jeune femme au teint bistré.

À intervalles irréguliers, lorsqu'il se trouvait en ville, il prit l'habitude de venir l'attendre à la porte du magasin pour la ramener chez elle. Elle se disait qu'elle ne devrait pas accepter aussi facilement, mais il y avait toujours la tentation de la voiture chaude et accueillante, du retour rapide à la maison au lieu de l'attente du tramway dans le froid brutal de l'hiver.

Un soir de fin de mars, alors que tombait une pluie froide fouettée par le vent, elle s'engouffra dans la voiture et se tourna vers lui.

—Tu ne peux pas savoir comme je suis contente que tu sois là ce soir.

—Et moi, donc.

—J'ai hâte d'être de retour à la maison. Je suis inquiète de Rita. Elle avait une grosse fièvre quand je suis partie ce matin. J'ai appelé Madame Applebaum à midi. Elle m'a dit qu'il n'y avait pas de changement.

À leur arrivée, ils trouvèrent la fillette brûlante de fièvre, la respiration sifflante.

—Il faut appeler le médecin, dit Germain. Qui est ton médecin?

—Je... j'en ai pas. J'ai toujours été chanceuse. Les enfants avaient une bonne santé.

—Bon, qui est-ce que je connais dans cette sacrée ville...

Il songea tout à coup au Docteur Prévert, le chef du département de pédiatrie, qu'il avait rencontré lors d'une réunion de l'Ordre Jacques-Cartier.

Lorsqu'il téléphona il eut la chance de le trouver chez lui. Germain commença la conversation en donnant le mot de passe, puis il décrivit rapidement l'état de la fillette.

—Ça pourrait être une pneumonie, dit le médecin. Chez les enfants de cet âge, la situation peut évoluer assez rapidement. Inutile de perdre du temps à me rendre chez vous. Transportez-la à l'hôpital. Je vous rencontre là-bas. Si c'est bien une pneumonie, elle devra de toute façon être hospitalisée.

—Faut-il appeler une ambulance?

—Non. Assurez-vous que la voiture est bien chauffée, enveloppez-la de couvertures de laine, et amenez-la à l'hôpital le plus rapidement possible.

Une fois sur les lieux, le médecin confirma son premier diagnostic.

—Rendez vous au bureau faire son entrée à l'hôpital. Je la fais placer immédiatement sous une tente d'oxygène. Vous pourrez venir la voir à l'étage des enfants avant de repartir.

Ils se rendirent au bureau des admissions. La préposée prit tous les renseignements nécessaires, puis elle dit:

—Vous devez déposer cent dollars. S'il doit y avoir des traitements spéciaux, il faudra venir déposer l'argent auparavant. Nous vous téléphonerons.

—Mais je n'ai pas... commença Élise.

—Voici, dit Germain, je vous en donne deux cents afin d'être sûr qu'il n'y ait pas de retard dans les traitements s'ils devenaient nécessaires.

Lorsqu'ils se retrouvèrent dans l'ascenseur en route vers l'étage de pédiatrie, Élise lui dit d'une voix étouffée:

—Je ne pourrai pas te rendre cet argent tout de suite.

—Ne t'inquiète pas de ça. L'important c'est que la petite soit bien soignée et qu'elle guérisse.

De retour à la maison, elle lui dit:

—Entre. J'ai à te parler.

Comme d'habitude, il paya Madame Applebaum pour le temps supplémentaire.

—Assieds-toi, lui dit Élise. Je vais envoyer Gérald se coucher puis nous pourrons souper. Tu n'as rien mangé en fin de compte.

—Toi non plus. C'est vrai qu'un sandwich et une tasse de café nous feraient du bien à tous les deux.

Pendant qu'ils mangeaient, elle revint sur l'argent qu'il lui avait avancé à l'hôpital.

—Tu sais, il me faudra un peu de temps pour te le remettre. Je te ferai un paiement à tous les mois, à partir du mois prochain.

—Oublie ça. Je ne veux pas de ton argent. Je l'aurais fait pour n'importe quel ami. On ne laisse pas mourir un enfant faute de soins.

—Je ne veux pas être en dette envers personne, dit Élise, butée.

—Même envers moi?

—D'abord, pourquoi es-tu si bon pour moi sans rien me demander?

—Ça, c'est pas un secret. Je te l'avais dit la dernière fois, avant que nous nous quittions. Je t'aimais alors, je t'aime encore aujourd'hui.

—Oh, l'amour, tu sais...

—Je sais. Quand je te l'ai dit la première fois, je n'étais pas en mesure de t'offrir grand chose. Aujourd'hui encore, je ne peux pas t'offrir le mariage. Je peux pas divorcer ma femme, quitter mes enfants. Et puis, tu sais, je suis pas mieux que les autres. Dans ma position, je ne peux pas faire de scandale. Ça pourrait me nuire énormément du point de vue affaires.

—Tu voudrais que je sois ta maîtresse?

Germain lui prit les mains. «Je veux plus que ça, Élise, je veux que tu m'aimes autant que je t'aime. Une maîtresse, j'en ai une légitime à la maison, dit-il avec une certaine amertume. C'est une femme dévouée, une bonne mère, mais dans le fond, elle ne m'aime pas vraiment. Ça ne l'empêche pas d'apprécier les avantages qu'il y a à être Madame Germain Marchessault.»

—Et toi, est-ce que tu l'aimais lorsque tu l'as épousée?

Il se tut un moment. «Peut-être que si je l'avais aimée vraiment, notre mariage aurait été différent. Mais je t'avais déjà connue et, tu le sais, je t'ai aimée dès que je t'ai vue. La vie est bête, tu ne trouves pas?»

Lorsqu'il se leva pour partir, Élise lui mit les bras autour du cou et lui murmura à l'oreille: «Merci, Germain, merci pour tout.»

Pour la première fois depuis qu'il l'avait retrouvée, il la serra dans ses bras et se permit un baiser lent et profond.

—Veux-tu rester ce soir? dit-elle, la tête contre sa poitrine.

Il caressa les cheveux noirs et soyeux.

—Tu ne peux pas savoir comme j'ai espéré cette invitation, mon amour, mais il me faut refuser. Tu comprends, je ne veux pas que ce soit par reconnaissance, pour acquitter une dette. Quand la petite sera guérie, que tout rentrera dans l'ordre, tu verras si vraiment tu veux répéter ton invitation. D'ici là, tu ne me dois rien.

—Quand reviendras-tu?

—La semaine prochaine, vers la fin de la semaine. Je t'appellerai pour prendre des nouvelles de la petite.

Il la serra de nouveau dans ses bras, l'embrassa avec fougue, et sortit précipitamment.

Une fois dans la rue, il se demanda s'il n'avait pas été un peu bête de se priver de ce bonheur. Mais non, se dit-il, il fallait lui laisser le loisir de le désirer autant qu'il pouvait la désirer. Ce n'en serait que meilleur, et plus durable.

Avant de quitter Ottawa, il appela un «frère» agent d'immeuble et lui demanda de lui trouver une maison dans la Côte-de-Sable, pas trop loin de l'université, et de préférence un deux-logis.

Il appela Élise de son bureau de Timmins. Les nouvelles étaient bonnes. Rita progressait chaque jour.

De retour à Ottawa la semaine suivante, il appela l'agent d'immeuble.

—Dis donc, la chance te court après, dit celui-ci. Je pense que j'ai justement ce qu'il te faut. Une maison rue White, salon, salle à manger, cuisine, deux chambres à coucher plus un den au rez-de chaussée; à l'étage, un logement d'une chambre à coucher. Ça t'irait?

—Où c'est, la rue White?

—C'est un petit bout de rue qui débouche sur Laurier. Deux coins de rue de l'université. Ça vient tout juste d'arriver sur le marché, chanceux. Une succession à régler. Un prix bien raisonnable.

—Bon, j'y vais maintenant.

La maison était à peu près ce qu'il cherchait. Elle avait besoin de quelques réparations, mais la structure était solide. Il appela un autre «frère», l'avocat Roger Duchaîne, pour qu'il prépare les contrats.

Ce soir-là, il se rendit à l'hôpital avec Élise. Lorsqu'ils arrivèrent dans la chambre, la petite Rita n'était pas dans son lit.

—Ah, mon Dieu, elle doit aller plus mal, se lamenta Élise. On l'aura transportée ailleurs.

—Mais non, il ne faut pas penser le pire. Attends, je vais aller aux renseignements.

Il sortit et arrêta au hasard une infirmière au passage. Lorsqu'il lui dit que Rita Dauvers n'était pas dans son lit, elle se mit à rire.

—Vous savez, avec les enfants, dès qu'ils se sentent mieux, c'est toujours le problème. Quand on a le dos tourné ils se lèvent, courent dans les corridors, vont visiter d'autres patients...

—Alors, elle ne va pas plus mal?

—Mais non, elle va très bien.

De retour à la maison, Germain expliqua à Élise qu'elle devrait déménager.

—C'est très malsain, tu sais, ces sous-sols. Et avec une enfant aux poumons fragiles, il ne faut pas que tu restes ici.

—Je voudrais bien mais ici il y a plusieurs avantages. D'abord le loyer n'est pas cher. Puis, Madame Applebaum habite au troisième et elle garde la petite. Enfin, quand il fait beau, je peux marcher pour me rendre au travail. Ça m'épargne des sous.

—Je comprends tout ça et je crois que j'ai trouvé la solution à ton problème. J'ai un ami qui possède une maison non loin d'ici. Il m'a dit que les deux logements se vident le premier avril. Tu pourrais déménager là. Peut-être que Madame Applebaum serait heureuse d'avoir un escalier en moins à monter.

—Est-ce que c'est cher?

—J'crois pas. Je l'ai vue. C'est pas luxueux mais c'est très convenable.

Élise posa sa tête sur l'épaule de Germain. «Comme tu es bon pour moi, comme tu me gâtes. Ce n'est pas bien, tu sais. Tu m'habitues à être gâtée. Qu'est-ce que je ferais si je me retrouvais seule de nouveau?

Il la prit dans ses bras.

—J'espère que tu n'auras plus jamais à vivre sans moi, dit-il en l'embrassant.

Comme la soirée s'achevait, elle lui dit:

—Sais-tu, je crois que je suis prête à te faire l'invitation dont nous avons parlé, mais que j'ai le goût d'attendre un peu... J'ai l'impression que je n'ai jamais été jeune. À seize ans, j'étais déjà mariée et à dix-sept, j'avais un enfant. Est-ce que tu me ferais la cour?

—Avec grand plaisir. Moi aussi, tu sais, j'ai l'impression que je n'ai jamais eu de jeunesse. Seulement des responsabilités.

—Alors, on va imaginer qu'on a tous les deux dix-huit ans, comme la première fois qu'on s'est vu, tu veux?

—Est-ce que ça va finir mieux que la première fois?

—Je te promets.

—Alors, je veux bien.

Il se leva, fit mine de sortir de la pièce, puis se retourna:

—Mademoiselle Fortley n'est pas là?

—Non, monsieur. Elle est allée soigner sa mère malade et je la remplace. Je peux vous aider?

—Je dois dire que c'est une grande amélioration, Mademoiselle. Vous êtes beaucoup plus jolie que Mademoiselle Fortley, en fait, vous êtes la plus belle fille que j'ai jamais vue. Est-ce que je peux vous embrasser?

—Mais, Monsieur, je n'embrasse pas les étrangers.

—Moi, toujours. Je suis un adolescent très déluré, Mademoiselle, dit-il en la serrant dans ses bras et en l'embrassant à l'étouffer.

—Tu ne joues pas le jeu, protesta-t-elle en le repoussant.

Délibérément il l'attira contre lui et la tint serrée.

—Est-ce que tu sais à quel point je t'aime?

Elle le regardait de ses yeux d'un noir impénétrable.

—Est-ce que tu m'aimes aussi?

Elle sourit et fit signe que oui.

—Alors, dit-il en refermant la porte d'un geste décisif, ne perdons pas un temps précieux.

# XX

Germain devait se l'avouer à lui-même: il était tombé amoureux, bêtement, comme à dix-huit ans, et cela dérangeait ses plans.

Lorsqu'il avait aperçu Élise au rayon des parfums, il avait eu l'impression de recommencer un épisode de sa jeunesse demeuré sans conclusion. La conquête de cette femme qui l'avait repoussé et lui avait causé tant de chagrin autrefois, s'était posée comme un défi. Autant il pouvait être tenace en affaires, autant il avait été persévérant dans la poursuite de cet objectif.

Depuis six mois qu'ils étaient amants, jamais il n'avait été aussi heureux. Il devait même se morigéner pour ne pas céder à la tentation de passer trop de temps à Ottawa, négligeant son bureau et ses autres établissements.

À Georgette qui s'étonnait que le Prince Arthur Inn exige autant de surveillance de la part du grand patron, il alléguait l'état lamentable où le précédent directeur l'avait réduit. Il était très conscient, cependant, que cette excuse ne durerait pas éternellement et il cherchait déjà une alternative. Peut-être devrait-il bâtir un deuxième hôtel dans la région? Guy Nolet s'étonnerait de le voir y consacrer des ressources qui seraient sans doute mieux employées ailleurs, surtout maintenant qu'ils avaient décidé de tâter le marché américain. Et il ne pourrait pas lui confier la vraie raison, même à lui.

Maintenant, il lui fallait s'absenter pour un mois. Il y avait deux ans, il avait acheté, à Fort Lauderdale, en Floride, un terrain avantageusement placé près de la mer. La construction du premier Prince Arthur Inn aux États-Unis débutait dans dix jours et Germain devait y aller avec Guy pour surveiller la mise en chantier. Georgette avait aussitôt déclaré qu'elle serait de la partie. Il faisait déjà très froid à Timmins et il ferait si beau là-bas.

Un écrasement d'avion qui avait causé la mort de soixante-deux personnes avait fait la manchette dans les journaux du matin et lui avait donné à réfléchir. S'il lui arrivait quelque chose au cours de ses nombreux voyages, qu'arriverait-il à Élise? Le règlement de la succession amènerait la découverte qu'il était propriétaire de la maison de la rue White, dont il n'avait parlé à personne. Elle serait mise en vente et Élise serait probablement forcée de déménager. Georgette reconnaîtrait sûrement la jeune employée de banque qui avait fait jaser dans le temps. Plus il y songeait, plus il lui paraissait nécessaire de mettre Élise à l'abri de toute vicissitude.

Il appela le «frère» Roger Duchaîne, l'avocat qui s'était occupé des contrats lors de l'achat de la maison et lui déclara son intention de transférer les titres de cette propriété au nom de Madame Élise Dauvers. Lorsque celui-ci s'étonna il coupa court aux explications et lui demanda d'avoir tous les documents prêts à signer pour le mercredi suivant, jour où il arriverait à Ottawa.

—Bon, si tu insistes. Il me faut l'adresse de cette dame.

—C'est la même que celle de la maison. Elle habite au rez-de-chaussée.

—Ah, je vois. Une parente, sans doute.

—C'est ça, dit Germain. Mercredi après-midi je passe à ton bureau.

Lorsqu'il eut raccroché, l'avocat demeura songeur. Il ne croyait pas à cette histoire de parente. Mieux vaudrait faire sa petite enquête pour savoir au juste de quoi il s'agissait. Rien n'était plus utile que de connaître tous les détails de la vie des gens avec qui on faisait des affaires. Surtout quand on n'hésitait pas à se servir de ces renseignements le cas échéant. Depuis qu'il était avocat, il s'était amassé des biens assez considérables de cette façon-là. Et il le faisait si adroitement que ceux qui avaient conçu des doutes à son égard n'avaient jamais pu prouver quoi que ce soit.

Alors qu'il attendait Élise à la porte du magasin comme d'habitude, Germain se sentait heureux comme un écolier en vacances. Il avait dans sa poche les titres de la propriété de la rue White, dûment établis au nom d'Élise et ce soir, qui était le dernier avant son départ, il les lui donnerait. Il était à même de se rendre compte que le dicton disant qu'il valait mieux donner que recevoir était juste. Comme il était doux de pouvoir gâter celle qu'on aimait.

La jeune femme fut si émue lorsqu'il la mit au courant que les larmes lui montèrent aux yeux.

—Tu me gâtes trop, ça me fait peur. J'ai peur de m'éveiller, j'ai peur que tout ceci disparaisse. C'est comme un rêve.

Il la rassura. «Au contraire, maintenant tu n'as plus à avoir peur de qui que ce soit. Tu es ici chez toi et personne ne peut t'en faire sortir, pas même moi», acheva-t-il en souriant.

—Alors, si tu te fatigues de moi, dit-elle, taquine, je garde la maison?

—C'est guère probable. Mais si le contraire se produisait, ce serait moi qui ne pourrais plus y mettre les pieds. Tu vois comme j'ai confiance en toi? Cependant, la vraie raison pourquoi j'ai fait ça, c'est au cas où il m'arriverait quelque chose, pour que tu ne sois pas démunie.

Élise lui posa un doigt sur les lèvres. «Ne dis pas des choses pareilles. Il ne faut pas appeler le corbeau, car il arrive à tire-d'aile.»

* * *

Ce soir-là, Élise se sentait joyeuse. De Floride, Germain l'avait appelée pour lui dire que tout allait bien, qu'il espérait même finir plus tôt. Georgette, pour sa part, avait décidé de prolonger son séjour de deux autres semaines. Il laisserait Guy s'occuper du reste, et reviendrait à Ottawa pour y passer quelques jours.

Elle était dans la chambre de Rita en train de coucher sa fille lorsqu'on sonna à la porte.

—Maman, dit Gérald, il y a deux messieurs qui veulent te parler.

—Fais les asseoir dans le salon. J'arrive tout de suite.

Rita, qui était déjà au lit, se releva:

—Je veux voir les messieurs, maman.

—Mais non, ma toute petite, ce n'est personne que tu connais. Probablement des gens qui quêtent pour la Croix-Rouge ou qui veulent me vendre un aspirateur.

Elle borda de nouveau la fillette, éteignit la lumière et ferma la porte de la chambre. Lorsqu'elle arriva dans le salon, elle s'arrêta, figée. Là, dans le fauteuil, se trouvait Monsieur Bourgault, son patron au magasin, et en face de lui, un homme qu'elle ne connaissait pas.

—Bonsoir, Élise, tu ne t'attendais pas à me voir ce soir j'imagine. Je te présente Monsieur Roger Duchaîne, avocat.

Élise serra la main tendue de l'homme qui s'était levé courtoisement et qui l'examinait d'un regard appréciatif. Puis elle s'assit, se demandant bien ce que signifiait cette visite.

—Je n'irai pas par quatre chemins, Élise, commença son patron. Le but de notre visite se rapporte à quelqu'un que tu connais bien. Si je nomme Germain Marchessault, je sais que tu comprendras à demi-mot.

La jeune femme sentit sa gorge se serrer. «Il lui est arrivé quelque chose?»

—Non, du moins, pas encore.

—Que voulez-vous dire, pas encore? Il est en danger?

Posément l'homme sortit un paquet de cigarettes et lui en offrit. Elle refusa d'un signe de tête. Il alluma lentement, faisant durer le suspense.

—Disons qu'il court le danger de perdre tout ce qu'il a, de se retrouver sur la paille, et il ne tient qu'à toi, ma fille, de le sauver. C'est le moins que tu puisses faire pour un homme qui a été plus que généreux avec toi, dit-il en promenant un regard significatif autour de la pièce spacieuse où ils se trouvaient.

Élise le fixait, manifestement confuse, mais elle sentait l'angoisse l'envahir.

—Laisse, Fernand, je vais lui expliquer, dit l'avocat d'un ton suave. Voyez vous, Madame Dauvers, la banque a financé les entreprises de Germain Marchessault, et elle détient des hypothèques sur ses propriétés. La date de renouvellement des hypothèques est arrivée. Normalement, il n'y aurait aucune difficulté, surtout lorsqu'il s'agit de propriétés aussi bien administrées que celles de M. Marchessault. Mais voilà, les directeurs de la banque ont refusé, vu le scandale qui le menace. Il devra donc payer des sommes énormes, sinon la banque reprendra les propriétés.

—Tu vois, Élise, dit son patron avec l'air d'expliquer à un enfant, c'est comme au magasin. Si quelqu'un vient s'acheter une machine à laver, et qu'il ne fasse pas les paiements, qu'est-ce que le magasin fait? Il va reprendre la machine. C'est ce que la banque va faire. Et il va se retrouver le derrière sur la paille, acheva-t-il avec satisfaction.

—Pourquoi me dites-vous tout ça? Qu'est-ce que ç'a à voir avec moi?

L'avocat se pencha vers elle.

—Beaucoup, Madame, car le scandale qui le menace, c'est vous. M. Marchessault est un homme marié, père de trois enfants, un des piliers d'une paroisse catholique du nord de l'Ontario. Il est inadmissible que non seulement il ait une maîtresse dont l'existence devient de plus en plus connue, mais qu'il lui fasse des cadeaux coûteux comme cette maison, qu'il soit presque bigame au vu et su de tout le monde... Il faut que cela cesse, pour son salut. Et c'est à vous de faire en sorte qu'il reprenne sa vie d'honnête père de famille.

—Mais, comment? Cette maison lui appartient. Si je lui dis que je veux rompre...

—T'inquiète pas de ça, ma fille. On a tout prévu, pas vrai, Roger?

—Oui, en effet, et si Madame veut bien se laisser guider par nous, il n'y aura pas de difficulté.

Il sortit une liasse de feuilles d'un porte-document et vint les poser sur le guéridon près du fauteuil de la jeune femme.

—Vous avez là un contrat rédigé en bonne et due forme par lequel vous vendez à Madame Veuve Armand Pouliot la maison sise au 134 de la rue White pour la somme de quinze mille dollars comptant.

—Je ne peux absolument pas vendre la maison sans la permission de Ger... de M. Marchessault.

—Elle est entièrement à votre nom, Madame, sans restriction aucune. Vous pouvez en disposer à votre guise.

—Jamais je ne ferais ça. Et puis, où est-ce que j'irais? Il sait où je travaille...

—J'te l'ai dit, ma fille, tout est prévu. Dans deux jours, un camion va venir chercher tes meubles pour les transporter à Vancouver...

—À Vancouver!

Il se tourna vers l'avocat.

—Donne-moi les papiers, Roger.

Celui-ci lui tendit deux enveloppes.

—Voilà. Dans la première, tu trouveras un billet du Canadien Pacifique aller seulement pour toi et les enfants. Dans l'autre, un bail sur un appartement très bien à Vancouver, et la clef. À la fin de la semaine, tu vas être réinstallée dans cette belle ville et tu pourras recommencer à neuf.

—Je veux consulter M. Marchessault avant de signer pour la maison.

—Je comprends votre hésitation, fit l'avocat, mais ce n'est pas possible. Je sais qu'il est en Floride pour surveiller la mise en chantier de son nouvel établissement. Malheureusement, la banque n'attendra pas. Il faut que vous compreniez, Madame Dauvers, qu'il faut faire vite pour le sauver. Je suis l'un des directeurs de la banque. J'ai bien plaidé sa cause, mais les autres n'ont rien voulu entendre. C'est pour l'aider que je suis venu vous voir ce soir. Si je puis dire au conseil d'administration que tout est fini, il ne saura même pas que la banque s'apprêtait à lui couper tout crédit. Et vous, vous aurez un chèque visé ce soir même pour recommencer votre vie là-bas. Heureusement que je vous ai trouvé un acheteur.

Élise le regardait avec méfiance. «Je ne vous crois pas, cria-t-elle. Germain est trop bon homme d'affaires pour se placer dans une situation où vous pourriez lui faire perdre ses biens si facilement. Vous oubliez que j'ai déjà travaillé dans une banque.»

—Comme caissière, dit Fernand Bourgault d'un ton méprisant.

—Je vais appeler M. Marchessault tout de suite. Il m'a donné un numéro pour le rejoindre en Floride en cas d'urgence.

Elle se leva et voulut se diriger vers le téléphone. Bourgault la saisit par le bras au passage et la força à se rasseoir.

—Écoute, ma fille, j'aurais voulu t'épargner ça, mais puisque tu veux pas être raisonnable, tu me forces la main. Tu vois, j'aurais voulu que tu partes refaire ta vie là-bas, la tête haute, sans casier judiciaire...

Il fit une pause significative.

—Sans casier judiciaire! De quoi parlez-vous?

—C'est que dans notre inventaire il manque un rasoir électrique d'une valeur de cinquante piastres. En cherchant j'ai découvert qu'un des employés t'a vu le mettre dans ton sac avant-hier.

—C'est pas vrai. Je n'ai jamais rien pris et vous le savez. Il y a longtemps que je travaille au magasin. J'ai toujours bien fait mon travail et j'ai toujours été honnête.

—Voler les maris des autres, j'sais pas si j'appellerais ça honnête.

—C'est pas vrai et vous le savez! fit Élise la voix étouffée de sanglots.

De nouveau Roger Duchaîne s'approcha d'elle.

—Ne vous énervez pas, Madame Dauvers, dit-il doucement. Nous sommes ici pour vous aider et pour aider Germain Marchessault, ne l'oubliez pas. Fernand a un témoin tout à fait respectable qui est prêt à venir témoigner en cour qu'il vous a vu prendre ce rasoir électrique. Prenez-en ma parole d'avocat, je sais ce que le juge dira.

Affaissée, la jeune femme pleurait silencieusement.

—Rien ne sert de pleurer, Madame. Vous n'avez qu'à faire ce que nous demandons, et il n'arrivera rien à personne, et vous aurez la satisfaction d'avoir sauvé l'homme que vous aimez. Signez là et votre cauchemar est terminé.

Il lui mit la plume dans la main et lui présenta le papier. Elle hésita encore un moment, puis elle signa.

—Voilà qui est bien, Madame. Voici votre chèque visé pour quinze mille dollars. Vous n'aurez plus de soucis et vous pourrez élever et faire instruire vos enfants convenablement. Avec les bonnes références que Fernand va vous donner, vous n'aurez aucune difficulté à vous trouver du travail là-bas. Cependant, souvenez-vous bien que tout ceci repose sur votre discrétion absolue. Si jamais vous contactez M. Marchessault, je le saurai car je suis son avocat. Je lui dirai alors que vous m'aviez demandé de vendre la maison durant son absence et que vous avez signé de bon gré. Et Fernand préviendra la police.

—Mais comme on sait que t'es bonne fille, on sait que tu feras pas ça.

—Nous vous souhaitons le bonsoir, Madame Dauvers, dit l'avocat. Le camion sera ici vendredi midi, et n'oubliez pas que votre départ par le train est prévu pour vendredi soir, à huit heures et demie.

—T'as pas besoin de venir au magasin demain matin, ajouta Fernand Bourgault comme ils sortaient. J'avertirai que t'as donné ta démission. Tu vas être mieux de commencer à empaqueter tes affaires.

Ils laissèrent une Élise effrondrée qui pleurait toutes les larmes de ses yeux.

Une fois dehors, Fernand demanda à l'avocat qui c'était cette veuve Pouliot maintenant propriétaire de la maison.

—Ma soeur, dit Roger Duchaîne laconiquement.

—Elle est bien bonne, celle-là, s'esclaffa-t-il. T'as pas peur que Germain apprenne ça?

—Même s'il l'apprenait, mon explication est très logique. Elle s'est trouvé un acheteur et c'est le prix qu'elle-même a fixé. Si jamais il apprend que c'est moi qui ai fait les contrats, je dirai que l'acheteur a retenu mes services pour les contrats.

—Oui, mais quinze mille piastres pour un duplex dans la Côte de Sable, tu trouves pas que tu pousses un peu?

L'avocat sourit. «C'est preuve que lorsqu'on se dévoue pour aider ses frères à rentrer dans le bon chemin, on est récompensé par Dieu au centuple, heu... pas tout à fait mais certainement au quadruple, même en ce bas monde. D'ailleurs, qu'est-ce que t'as à te plaindre, vieux salaud? Je t'ai pas fait faire assez d'argent dans l'affaire du terrain pour l'école de Saint-Barthélémy?»

Avant que Fernand eût pu répondre, il ajouta d'un ton sévère:

—Et ferme-la. Oublie pas que je détiens des documents compromettants pour toi dans cette affaire. T'as compris?

—Ben oui, bougonna Fernand. Des fois on dirait que t'entends pas à rire.

\* \* \*

Germain revint de Floride tel que prévu. Plutôt que de téléphoner à Élise, il décida de lui faire la surprise d'aller l'attendre à la sortie comme d'habitude. Le flot des employés s'écoulait, puis diminua jusqu'à ce qu'il ne reste que quelques retardataires. Ce n'est que lorsqu'il vit le gardien de sécurité fermer la porte à clef qu'il se rendit compte qu'Élise n'était pas là. Voyant des employés qui attendaient le tramway il alla leur demander s'ils avaient vu Madame Dauvers.

Une jeune fille qu'il avait déjà aperçue au rayon des dames lui dit qu'il y avait presque une semaine qu'Élise Dauvers n'était pas venue travailler. Le patron avait embauché une autre personne et avait dit qu'elle ne reviendrait plus.

Fou d'inquiétude, Germain .e précipita rue White. Il voulut se servir de sa clef pour entrer mais la serrure avait été changée. Il appuya sur le bouton de la sonnette plusieurs fois. Enfin, une dame dans la soixantaine vint ouvrir.

—Je voudrais voir Madame Dauvers.

—Elle est partie.

—Partie! Partie où?

—Comment voulez-vous que j'le sache? J'ai acheté la maison. Quand je suis arrivée, Madame Dauvers était déjà partie.

—Vous avez acheté la maison! hurla Germain.

—Écoutez, Monsieur. Je suis ici chez moi. J'ai rien à voir avec vos histoires. Allez vous renseigner ailleurs.

Elle lui ferma la porte au nez.

Il grimpa chez Mrs. Applebaum, quatre à quatre.

—Ah, Monsieur, elle est partie vendredi dernier. Un gros camion est venu chercher ses meubles. Quand elle m'a dit au revoir, elle pleurait. Elle m'a dit qu'il fallait qu'elle parte. Elle a pas voulu me dire où elle allait.

Il ne put rien tirer d'autre de Madame Applebaum. Évidemment, c'était tout ce qu'elle savait. «Mais non, disait-elle, Madame Dauvers n'avait pas paru différente. Elle était de bonne humeur. Puis, tout à coup, elle n'est pas allée travailler ce matin-là. Elle est restée chez elle toute la journée. Le lendemain, j'ai été surprise de voir le camion qui chargeait les meubles. Lorsque je suis descendue aux nouvelles, j'ai trouvé la pauvre petite en larmes, comme j'ai raconté à Monsieur.»

—Décidément, se dit-il, je nage en plein cauchemar. Comment savoir ce qui s'était passé?

Tout à coup il songea à l'avocat Roger Duchaîne. Lui pourrait découvrir la vérité. Dans sa hâte de s'y rendre, il brûla un feu rouge.

—Monsieur Duchaîne est occupé, dit la secrétaire. Voulez-vous prendre rendez-vous?

—Y a-t-il un client dans son bureau?

—...non, mais il a un travail urgent à finir.

—Bon, alors j'ai un rendez-vous, dit Germain en traversant la pièce et en ouvrant la porte du bureau de l'avocat tandis que la secrétaire, affolée, le suivait en disant plaintivement: «Attendez donc, Monsieur, il faut que je voie...»

À cette brusque irruption, Roger Duchaîne leva les yeux et se rendit compte immédiatement de la situation.

—Ça va, Mademoiselle Pinard, je recevrai Monsieur Marchessault. Vous pouvez fermer la porte.

Puis, tout en indiquant le fauteuil, il continua:

—Quel bon vent t'amène, Germain?

—Ce n'est pas un bon vent. Tu te souviens du contrat que je t'ai fait faire pour la maison de la rue White?

—Oui.

—Cette maison a été revendue la semaine dernière. Je veux savoir à qui, à quel prix, enfin tout.

L'avocat parut surpris.

—Veux-tu dire qu'elle s'est vendue sans ton consentement, sans que tu en saches rien?

—C'est bien ça.

—Eh, tu ne peux pas dire que je ne t'avais pas mis en garde, dit-il en ouvrant les mains d'un geste de prédicateur.

—Dans combien de temps peux-tu me trouver ces renseignements? demanda Germain, coupant court aux remontrances.

—J'envoie mon clerc au bureau d'enregistrement. Dans une demi-heure je pourrai te le dire.

—C'est bien, je serai de retour ici dans une demi-heure.

Lorsqu'il revint, l'avocat lui apprit que la maison avait été vendue le mercredi précédent, à Madame Veuve Armand Pouliot pour la somme de quinze mille dollars.

—Quoi! La maison a été vendue pour quinze mille dollars? Mais c'est de la folie!

L'avocat haussa les épaules. «Je suppose que Madame Dauvers voulait vendre rapidement, à n'importe quel prix.»

Il se leva et vint poser sa main sur l'épaule de Germain, effondré dans le fauteuil.

—Écoute, je ne peux que te répéter que tu as été imprudent. Comme homme d'affaires tu dois te rendre à l'évidence. Surtout avec une sauvagesse... Ces gens-là sont de grands enfants, qui ne connaissent pas la valeur de l'argent...

Germain se leva d'un bond. «Comment sais-tu qu'elle a du sang indien? L'as-tu déjà vue?»

—Mais non, se hâta de riposter Duchaîne, pas moi. Cependant, des frères t'ont vu. Tu t'affichais pas mal avec elle, tu sais. Ils étaient inquiets à ton sujet. Ils m'en ont parlé. Tu sais, il n'est pas facile pour des frères qui t'estiment de te voir prendre un mauvais chemin...

Germain lui jeta un regard si furieux que l'avocat se demanda avec inquiétude s'il allait se jeter sur lui, puis il sortit sans dire un mot. L'avocat poussa un soupir de soulagement. Ouf, il l'avait échappé belle. Avec sa maladresse, il avait failli tout compromettre. Puis, il se ravisa. Ce n'était pas si grave que cela. Tout était terminé, enregistré. Il pourrait toujours courir, il ne se rendrait pas jusqu'à Vancouver.

# DIX ANS PLUS TARD

# XXI

Lorsqu'ils sortirent du prestigieux cabinet de la firme Murchison, Doulton & Medici, Germain et Guy Nolet se félicitèrent mutuellement. La négociation avait été serrée, mais ils étaient maintenant devenus, à de très bonnes conditions somme toute, propriétaires d'un immeuble commercial presque entièrement loué, en plein coeur de Vancouver.

Encore une fois, Germain s'était rendu compte que les habitudes des voyageurs changeaient. Avec l'avènement de l'aviation, les hôtels de luxe se pressaient aux abords des aéroports ou dans le centre des villes pour la commodité des voyageurs qui n'avaient pas de voiture. Peu à peu on avait vendu en franchise la chaîne des Prince Arthur Inns, et les Royal Hotels, plus luxueux, les avaient remplacés.

Puis, il y avait de cela cinq ans, ils avaient décidé de diversifier leurs entreprises. Une autre société, March Properties Inc., s'était ajoutée au groupe de compagnies détenues par la Marchessault Holding Corporation, et la propriété dont March s'était rendu acquéreur aujourd'hui constituait la troisième acquisition majeure.

—Où veux-tu aller manger? demanda Guy.

Puis, ayant consulté sa montre, il ajouta: «J'avais envie de te proposer le nouveau restaurant dont tout le monde parle, mais ce serait peut-être un peu juste pour ton avion. Quand on va dans une place comme ça, il faut avoir toute la soirée devant soi.»

—Oh, tu sais, ça m'est bien égal, commença Germain.

Il s'interrompit brusquement. Il venait d'apercevoir une jeune femme brune, conduisant par la main un garçonnet d'environ six ans, qui déambulait tranquillement la rue tout en faisant du lèche-vitrine. Cette démarche de biche en forêt, la façon qu'elle avait de pencher la tête de côté lorsqu'elle s'adressait à l'enfant... C'était elle. Ce ne pouvait être qu'elle.

—Qu'est-ce que tu as? demanda Guy. On dirait que tu viens de voir un revenant.

—Peut-être. Écoute, je viens de penser à quelque chose que je devais faire avant de quitter Vancouver. T'occupe pas de moi. Je mangerai une bouchée en quelque part et je prendrai un taxi pour l'aéroport.

Sans laisser à son compagnon le temps de répondre, il s'éloigna rapidement et, tournant le coin, s'engagea dans la rue où il avait vu disparaître la jeune femme.

—Pourvu qu'elle ne soit pas montée dans un autobus, songea-t-il en se hâtant.

Mais non. Elle était là, un peu plus loin. Il hâta le pas pour la rejoindre.

Lorsqu'elle entendit des pas précipités qui s'arrêtaient derrière elle, elle se retourna. Ils se regardèrent un moment en silence.

—Alors, Élise, je suis sûr que tu comptais bien ne jamais me revoir. On dirait que le hasard s'amuse à nous faire rencontrer alors qu'on s'y attend le moins, dit-il sèchement.

—Germain, dit-elle faiblement, mon Dieu!

—Eh oui, c'est bien moi, en chair et en os. J'espère que l'argent de la maison t'a permis de bien t'installer à Vancouver.

Regardant l'enfant il ajouta:

—Je vois que tu t'es trouvé un autre poisson. L'avais-tu déjà choisi avant de partir d'Ottawa? Vous aviez tout manigancé ensemble, je suppose?

Les larmes montèrent aux yeux d'Élise.

—Écoute, Germain, je comprends que tu sois fâché, mais il ne faut pas m'en vouloir. Si je suis partie, c'est pour t'aider, pour te sauver...

Il eut un rire amer. «Elle est bien bonne celle-là. Pour me sauver, moi?»

—Mais oui, je t'assure. Ils m'ont forcée à partir...

—Qui ça, ils?

—Mon patron, Monsieur Bourgault, et l'avocat, M. Duchaîne.

—Hein, qu'est-ce que tu racontes là? dit-il en la saisissant aux bras si fortement que le petit garçon se mit à crier: «Lâche ma maman!» tout en frappant cet inconnu de ses petits poings.

Germain se ressaisit. Il se tourna vers l'enfant.

—Excuse-moi, mon garçon. Tu as raison de défendre ta maman. Mais je ne suis pas aussi méchant que j'en ai l'air. Qu'est-ce que tu dirais si on allait tous les trois dans une boutique de crème glacée et que je t'achetais un beau gros sundae? Pendant ce temps-là, ta maman et moi on pourrait causer un peu, hein?

L'enfant hésita, puis il regarda sa mère.

—On peut, maman?

—D'accord. Tant pis si on est en retard.

Une fois attablés devant leurs glaces, Élise raconta ce qui s'était passé le soir où elle avait signé l'acte de vente de la maison. À mesure qu'elle parlait, Germain sentait une rage viscérale l'envahir. C'étaient là ses «frères»! Et ce salaud de Duchaîne qui siégeait maintenant comme député au Parlement, élu avec l'appui des membres de l'Ordre. Dire qu'il avait contribué financièrement à sa campagne. Duchaîne avait dû trouver cela très drôle dans le temps. Avec effort il revint à la conversation présente.

—Comment tu t'es arrangée quand tu es arrivée à Vancouver?

—J'avais un appartement qu'ils m'avaient trouvé.

«Encore les frères», songea Germain.

—Puis, je me suis cherché du travail. Je n'en ai pas trouvé tout de suite. J'étais si déprimée que je devais faire peur aux gens. Enfin, j'ai trouvé un emploi de caissière dans une banque. Je m'étais promis de ne pas toucher à l'argent de la maison pour te le remettre plus tard, mais j'ai dû m'en servir...

—Crois-moi, ce n'est pas l'argent qui m'a fait le plus mal.

—Puis, j'ai rencontré Daniel au Centre communautaire des Amérindiens. Nous nous sommes mariés. Le reste de l'argent a passé à l'aider à finir ses études. Il est avocat pour l'Association des Indiens du Canada. Maintenant, il a un salaire convenable. Nous pourrons commencer à te remettre l'argent par versements.

—Oublie ça. La maison, je te l'avais donnée. Tu étais libre d'en faire ce que tu voulais. Es-tu heureuse? Est-ce que tu aimes ton mari?

La jeune femme le fixa de ses grands yeux sombres. «Je ne l'aime pas de la même façon que je t'ai aimé, toi. C'est un homme bon. J'ai beaucoup d'amitié et de respect pour lui. Il sert une grande cause et je l'aide de mon mieux. J'aimerais ça que tu le connaisses. Viens donc souper chez nous ce soir?»

Germain secoua la tête.

—Je te remercie mais j'ai un avion à prendre. Quand même, je suis content de t'avoir rencontrée. Je sais maintenant que tu vas bien et surtout, ça me réconforte de savoir que tu ne m'as pas abandonné, que c'est la méchanceté des hommes qui nous a séparés.

Il se leva. «Adieu, Élise. Sois heureuse.»

Il régla l'addition à la caisse et sortit rapidement sans se retourner.

Quand il fut installé dans le siège de l'avion, les images qu'avaient évoquées les confidences d'Élise revinrent le hanter. Les «frères» Bourgault et Duchaîne venant terrifier la jeune femme tandis qu'il était loin, la forçant à signer le contrat de vente, s'appropriant la maison pour quinze mille dollars. Il savait bien ce qu'il trouverait s'il faisait une enquête afin de savoir qui l'avait achetée. Ce n'était pas une coïncidence non plus que toute la rue ait été expropriée quelques mois plus tard. Qui mieux que Roger Duchaîne pouvait être au courant, lui qui siégeait au Bureau des Gouverneurs de l'Université? La chose lui parut si évidente qu'il se demanda comment il se faisait qu'il ne s'en était pas immédiatement douté. Il avait été tellement désemparé, alors, que son jugement lui avait fait défaut.

Il avait quand même eu alors le vague sentiment que les «frères» avaient été mêlés à l'affaire. Il n'ignorait pas que la délation était de rigueur et que le service de renseignements fonctionnait très bien au sein de l'Ordre. Petit à petit, il était devenu plus critique, se demandant pourquoi il fallait se conformer aveuglément aux directives émanant d'un comité directeur nébuleux. Lorsqu'il avait donné sa démission un an plus tard, il se souvenait de l'entrevue qu'il avait eue avec le curé qui l'avait recruté.

—Est-ce que tu oublies les réalisations de l'Ordre pour la promotion des nôtres, ici, en Ontario? Tu sais bien que l'Ordre Jacques Cartier a été un outil indispensable pour réunir nos effectifs, amener une unité d'action chez les Canadiens-français, leur donner confiance en eux-mêmes, promouvoir la réussite économique des nôtres. Ignores-tu que lorsqu'un peuple ne contrôle pas les leviers économiques de sa société, il n'est qu'un pion sur l'échiquier social? Si les nôtres sont parvenus à occuper un certain nombre des postes qui leur revenaient à l'échelle municipale, provinciale et fédérale, à qui crois-tu qu'ils le doivent? Qui a amené le mouvement coopératif, qui a fait en sorte que nous puissions prendre contrôle de nos écoles, qui a forcé Queen's Park à écouter?

Malgré l'éloquence du curé, Germain avait tenu bon. Il avait perdu tout goût pour les sociétés secrètes.

—Je ne nie pas les réalisations de l'Ordre, Monsieur le Curé. Peut-être était-ce nécessaire au début. Mais maintenant je crois que nous avons dépassé ce stade et que c'est sur la place publique, et non dans l'ombre qu'il faut débattre nos problèmes.

Lorsque le curé avait vu qu'il ne changerait pas d'idée, il lui avait rappelé que, même hors de l'Ordre, il demeurait toujours lié par son serment de discrétion. Germain avait fort bien compris la vague menace contenue dans les paroles de l'ecclésiastique. Il l'assura qu'il n'avait aucun intérêt à démolir cette institution. Tout simplement, le coeur n'y était plus.

—Voulez-vous une consommation? lui demanda l'hôtesse de l'air.

—Un scotch à l'eau, s'il vous plaît.

Il prit une large rasade et laissa descendre la bonne chaleur en lui. Soudain il revit le visage faussement amical de Roger Duchaîne et la colère l'envahit de nouveau. Bourgault n'était qu'un vulgaire homme de main, mais pour ce qui était du député, c'était autre chose. Déjà son esprit agile cherchait quelle vengeance ferait le plus mal à Roger Duchaîne. Puis il lui sembla entendre la voix de son père qui lui disait, comme il l'avait fait après la destruction de son champ de choux, là-bas, à Val-d'Argent: la vengeance appartient à Dieu: elle détruit celui qui la couve dans son coeur. Oui, papa, songea-t-il, mais il n'y a pas d'obligation à soutenir des gens indignes dans des postes de commande. Duchaîne n'avait pas eu la carrière politique brillante qu'il avait espérée. On pouvait en toute bonne conscience hâter sa chute.

Surtout, il lui fallait aller de l'avant. Son fils aîné était maintenant en mesure de le seconder. Louise, la cadette, avait gagné le concours provincial de français (une autre initiative de l'Ordre, se souvint-il). Quant à Amanda, c'était une brave fille, mais elle ne ferait jamais de révolution. Louise, elle, était d'une toute autre trempe. En voilà une qui ruerait dans les brancards. Il sourit malgré lui à l'idée de sa fille avec ses yeux vifs et ses cheveux en bataille.

Soudain, il eut hâte de rentrer chez lui. Elle lui sauterait au cou en criant: Papa, papa! Il la serrerait dans ses bras et il oublierait pour un moment le vide douloureux que toute sa vie, il s'en doutait bien, il porterait dans son coeur.

# XXII

La voix passionnée de Julie domina soudain le brouhaha familier.

—Cinq à deux! C'est à moi!

Rose-Delima posa son livre sur ses genoux et regarda sa fille qui trépignait de joie parce qu'elle était en train de battre son cousin Jean, le fils de Bernadette, au tennis. Avec ses cheveux noirs bouclés et ses longues jambes bronzées, elle paraissait plus que ses quinze ans.

—Ne te vante pas trop vite, lança Jean en ripostant avec un smash bien placé sur la ligne arrière.

La mère vit sa fille se ressaisir. Elle ne le laissera pas gagner. Elle va contrôler ses coups, ne prendra pas de chance. À un excellent revers de Jean, elle répond par un bon forehand. Son adversaire court et renvoie la balle près du filet. Julie qui était revenue au centre frappe la balle d'un mouvement fluide. La balle rase le bord du filet et tombe juste de l'autre côté. Malgré un effort désespéré, il la manque.

—Six à deux! crie Julie triomphante. Cette fois-ci, j'ai gagné. Mon pauvre Jean, ajoute-t-elle en s'approchant du filet pour lui serrer la main, meilleure chance la prochaine fois.

«Ce besoin qu'elle a de toujours gagner, en tout, songea Rose-Delima. Elle aura beaucoup de succès dans la vie, ou elle sera très malheureuse.»

Elle soupira et chercha du regard ses autres enfants: Simon qui avait maintenant presque quatorze ans, jouait au badminton. Philippe, le cadet n'était nulle part. Il devait être parti avec Bruce, le fils de Donald.

Tous les dimanches durant la belle saison, la famille et les amis se réunissaient au lac des Roseaux. Ce dimanche de juillet 1968 ne faisait pas exception. Assise sur le balcon de la maison que Jean-Pierre et elle avaient fait bâtir, Rose-Delima dominait la scène. Sur la véranda de la maison de Germain, Georgette, ses soeurs Thérèse et Mina, et le mari de celle-ci, le prolifique bedeau de Val-d'Argent, jouaient au bridge. Alors que Wilfrid Lamontagne, le père de Georgette, avait tant désiré un fils qui pût prendre la relève, c'était sa fille Thérèse, veuve et dont les enfants étaient maintenant grands, qui était venue habiter avec lui après le décès de sa femme et s'était occupée de son commerce.

Alma, la matriarche, assise dans un fauteuil près de la grève, surveillait ses petits-enfants qui barbotaient dans l'eau. Bernadette et la femme d'Eugène, le fils de Germain, se faisaient dorer au soleil.

La porte de la remise s'ouvrit pour laisser passage à Philippe et à Bruce, arrivé tard la veille de Toronto sur sa pétaradante motocyclette. Ils avaient été trois ans sans revoir Donald. Puis il était venu dans la région lors d'une campagne électorale. Jean-Pierre était allé le rencontrer et l'avait amené à la maison. Rose-Delima s'était aperçue que si elle avait toujours beaucoup d'affection pour lui, elle ne regrettait nullement d'avoir épousé Jean-Pierre. Quand ses enfants étaient encore jeunes, Donald les amenait tous les étés passer une semaine au lac des Roseaux. Maintenant on ne voyait plus guère Elizabeth, mais Bruce adorait venir dans l'Ontario nord. Il aimait la forêt, la pêche, le canotage. Chaque année Eugène l'amenait en excursion avec Philippe qui, malgré son jeune âge, connaissait les meilleurs endroits pour prendre le poisson. L'an dernier, alors que Philippe n'avait que onze ans et Bruce seize, ils s'étaient ainsi rendus jusqu'au grand lac Abitibi.

Lorsque Julie les vit descendre vers le quai, elle abandonna sa raquette de tennis et courut les retrouver.

—Vous allez à la pêche? J'y vais aussi.

—On a pas besoin de fille, dit son frère d'un ton méprisant.

Julie se tourna vers Bruce qui rangeait les articles dans le fond du bateau.

—Bruce, je peux y aller, hein, tu me laisses venir?

Sans la regarder le jeune homme grogna:

—Ça va, monte, mais tiens-toi tranquille.

Julie tira la langue à son frère et s'installa à l'avant alors que Philippe montait à l'arrière et que Bruce prenait les rames. Lentement le bateau s'éloigna du quai.

Rose-Delima secoua la tête. «L'histoire se répète, songea-t-elle. Pauvre Julie, si spontanée, si généreuse, et si attachée à Bruce.»

Elle regarda sa montre. Presque deux heures de l'après-midi et Jean-Pierre n'était toujours pas de retour. C'était le deuxième dimanche de suite où il était appelé d'urgence. Il ne s'en plaignait pas pourtant.

Un vrombissement de moteur l'avertit qu'un véhicule venait de s'engager sur la route. Lorsqu'elle reconnut sa voiture, elle descendit pour l'accueillir.

—Il est tard. As-tu dîné?

Il se pencha pour l'embrasser.

—J'ai mangé un morceau mais je prendrais bien un sandwich et une bière tantôt.

—Ça s'est bien passé?

—Oui, les Dubreuil ont un garçon. Après deux filles, ça a donné lieu à de grandes réjouissances. Le père voulait m'amener célébrer ça. À croire que j'y étais pour quelque chose, finit-il en riant.

—Tu n'es pas trop fatigué? Tu es parti si tôt ce matin.

—Mais non. Quand tout va bien, je ne suis pas fatigué du tout. Tu comprends pourquoi j'aime l'obstétrique. On n'a pas affaire à la maladie, et d'ordinaire, c'est un événement joyeux.

—Viens, je vais te servir à manger.

—Pas maintenant. Je vais aller nager un peu d'abord.

Il entra dans la maison se mettre en maillot tandis qu'elle allait retrouver sa mère près des enfants qui s'amusaient.

—Est-ce qu'on peut aller voir la télévision, ma tante? demanda Monique, la cadette des enfants de Bernadette.

—Mais oui, ma chouette.

L'enfant se tourna vers la demi-douzaine de marmots qui la suivaient.

—Venez, vous autres, on y va.

Les deux femmes regardèrent le groupe qui pénétrait à la file indienne dans la porte d'où l'oncle Jean-Pierre venait de sortir.

—C'est un vrai petit chef de groupe, celle-là.

—Elle a de qui tenir, opina sa mère.

—Bon, je vais préparer quelque chose à manger pour Jean-Pierre, dit Rose-Delima. Vous n'avez besoin de rien, maman?

—Mais non, ma fille.

Elle entra dans la maison. Les enfants étaient assis par terre devant l'appareil et riaient de bon coeur des aventures du chien Pluto. Elle s'affairait dans la cuisine lorsqu'elle entendit la voix solennelle de l'annonceur qui disait:

—Nous interrompons momentanément cette émission pour vous apporter un bulletin spécial de nouvelles. Une bombe vient d'éclater en plein coeur de Montréal, près de l'hôtel Reine Elizabeth. Il semble que cet attentat visait le ministre des Relations internationales dont la voiture approchait de cet établissement. En effet, à deux heures cet après-midi, l'honorable Donald Stewart devait présider à l'ouverture de la conférence internationale sur la pollution. On nous dit qu'il y a eu au moins un mort et plusieurs blessés. Le ministre s'en serait tiré avec de légères blessures. C'est tout ce que nous savons pour le moment, mais nous vous tiendrons au courant à mesure que les nouvelles parviendront à nos bureaux.

Elle courut dehors, percutant presque Jean-Pierre qui rentrait. Brièvement, elle le mit au courant.

—Où est Bruce?

—À la pêche avec Philippe et Julie.

Il se dirigea vivement vers le jeu de tennis.

—Simon, appela-t-il, prends le hors-bord et va chercher Bruce.

—Qu'est-ce qu'il y a, papa?

—Dis-lui qu'il y a eu un attentat à Montréal mais que son père n'est que légèrement blessé, qu'il n'est pas en danger.

Les joueurs de bridge quittèrent précipitamment leurs places pour venir entourer Rose-Delima et Jean-Pierre. La vieille Alma s'approcha aussi.

—Est-il arrivé quelque chose à Germain?

—Guy et Germain devaient descendre au Reine Elizabeth, expliqua Bernadette.

—Et mes filles et leurs familles qui vivent à Montréal, se lamenta Thérèse.

Jean-Pierre éleva les bras.

—Écoutez, nous n'en savons pas plus long. On n'a pas donné le nom des blessés. Simplement, on a dit que Donald avait été légèrement atteint et qu'on passerait d'autres bulletins spéciaux plus tard.

D'un commun accord ils se dirigèrent vers la maison où le chien Pluto continuait de gambader au petit écran. Bientôt Bruce entra.

—Est-ce que ton père sait que tu es ici?

—Non, mais ma grand-mère le sait.

—Alors, va appeler ta grand-mère tout de suite, dit Rose-Delima.

Bientôt le jeune homme revint.

—Papa lui avait déjà parlé au téléphone. Il lui a dit qu'il n'avait que des petites coupures à la main et à l'épaule, causées par des éclats de verre.

De nouveau les dessins animés disparurent de l'écran et la voix de l'annonceur se fit entendre:

—Nous sommes maintenant en mesure de vous apporter d'autres précisions dans l'affaire de l'attentat à la bombe cet après-midi à Montréal. La personne tuée serait le terroriste lui-même, victime de l'explosion prématurée de l'engin mortel qu'il s'apprêtait à lancer sur la voiture transportant le ministre des Relations intenationales. Les blessés seraient au nombre de treize. Nous ne pouvons pour l'instant révéler leurs noms, les familles n'ayant pas été averties.

À ce moment la sonnerie du téléphone fit sursauter tout le monde. Ils se regardèrent, paralysés de crainte. C'était sûrement les autorités qui appelaient.

Sans dire un mot, Jean-Pierre se leva et alla répondre. Il revint aussitôt, l'air soulagé.

—Bruce, c'est pour toi. C'est ton père qui appelle.

Toute la soirée ils attendirent, un peu plus rassurés à mesure que passait le temps. On aurait sans doute appelé déjà s'il y avait eu un malheur.

À dix heures ils se trouvèrent de nouveau réunis devant l'appareil pour l'émission régulière de nouvelles. On ne releva aucun nom connu dans la liste des blessés.

La voix de l'annonceur continuait: «L'un de nos cameramen qui se trouvait sur les lieux pour filmer l'arrivée de l'honorable Donald Stewart au Reine Elizabeth a capté, sans le savoir, des images saisissantes de l'attentat et du terroriste responsable que nous vous montrons à l'instant.»

Sur l'écran apparut la limousine noire qui descendait la rue Dorchester. Beaucoup de personnes se trouvaient massées sur le trottoir. Soudain, un homme leva le bras, brandit un objet que l'on distinguait mal et cria: «À bas les Anglais, les exploiteurs du peuple...» Puis l'image disparut dans un tournoiement, le cameraman ayant été projeté au sol par la force de l'explosion. Thérèse poussa un cri et se cacha le visage dans les mains, laissant échapper des sanglots rauques et déchirants. Chacun la regardait, étonné. Georgette réagit la première et alla s'agenouiller devant sa soeur.

—Qu'est-ce que tu as, Thérèse? Dis-moi ce que tu as.

Mais elle ne pouvait parler, se contentant de secouer la tête tandis que les larmes coulaient sur ses joues. Elle songeait à la dernière fois qu'elle avait vu son fils aîné. Au cours des années, elle avait reçu un petit mot de temps à autre, toujours sans adresse de retour, sans aucun moyen de le joindre. La dernière fois, il y avait de cela plus d'un an, il avait écrit:

*«Chère maman,*
*J'aimerais beaucoup te revoir. Si tu viens, le quinze de ce mois, à la gare centrale à trois heures de l'après-midi, je t'attendrai près de la barrière 10.*
*Ton fils qui t'aime.*

Elle s'y était rendue bien avant trois heures et avait attendu. Puis elle l'avait vu venir et l'avait reconnu de loin. Il avait maintenant les cheveux grisonnants mais les beaux yeux bleu clair de son père, Harvey McChesney, éclairaient son visage basané. Elle l'avait serré dans ses bras. Il lui avait dit: «Je ne peux pas te parler longtemps, maman, mais je voulais que tu saches que je suis heureux et que tu entendras parler de moi bientôt. Nous allons faire de grandes choses. La libération de notre peuple approche,» avait-il dit avec une ferveur religieuse.

Elle l'avait questionné, mais il avait souri et avait secoué la tête.

—Je ne peux pas t'en dire plus, mais je voulais te revoir encore une fois.

—Mon Dieu, tu es bien solennel. On dirait que tu pars pour la guerre. Es-tu mêlé à quelque chose de dangereux?

—Mais non, ne t'inquiète pas.

Il s'était levé pour partir, et l'avait embrassée de nouveau, mais elle s'était accrochée à son bras.

—Écoute, je veux que tu saches que je t'ai toujours aimé, peut-être plus que les autres... Seulement, je me privais parfois de te le montrer car alors... ton père...

—Je sais, maman, avait-il dit doucement. Au revoir, maman. Bientôt tu seras fière de moi.

—Dis-moi ce que tu as, insistait Georgette. Tu as reconnu quelqu'un, c'est ça?

Thérèse leva ses yeux pleins de larmes.

—C'est mon fils, articula-t-elle péniblement. Le terroriste, c'est mon petit Raymond...

Un silence de mort tomba sur le groupe. Personne ne savait que dire, chacun cherchant à saisir cette nouvelle réalité de la violence qui faisait irruption dans leur vie. Et ce, tant du point de vue des êtres chers qui en étaient ou pourraient en être victimes, que de ceux qui la dispensaient au nom de l'humanité et du mieux-être de leur peuple.

Thérèse leva les yeux et rencontra ceux de Bruce qui la regardait avec horreur.

—Ne le juge pas, Bruce, supplia-t-elle, si tu savais...

Le visage du jeune homme se durcit. Il tourna les talons et sortit laissant la porte-moustiquaire se refermer avec bruit.

—Je veux partir pour Montréal, dit-elle à sa soeur toujours agenouillée devant elle. Je veux son corps...

—Je te comprends, Thérèse. J'irai avec toi.

—Et moi, dit Bernadette, je vais tenter de rejoindre Germain ou Guy à Montréal. Ils pourront commencer les démarches auprès de la police et t'éviter ça au moins.

—Seigneur Jésus, geignit la vieille Alma, dans quelle sorte de monde vivons-nous? Bonne Sainte Vierge, venez-nous en aide dans notre heure de péril!

Tandis qu'elle préparait sa valise en prévision du départ, Thérèse, que la douleur étouffait, se demandait si elle aurait dû dire à Raymond qu'il n'était pas le fils de Norbert Demars et si cela aurait changé quelque chose. Elle n'avait jamais revu Harvey McChesney, ni su ce qui lui était arrivé. Était-il mort à la guerre? Ou était-il présentement à regarder les images qu'on en présentait à la télévision en disant: «Look at those crazy people. What the hell does Quebec want, anyway?» sans savoir que c'était son fils qui était mort devant ses yeux? Il avait été le premier, le seul vrai amour de sa vie. Voilà que l'histoire s'achevait dans la violence et dans le sang.

Georgette entra dans la chambre.

—Voilà, dit-elle, j'ai téléphoné mais il n'y a pas d'avion demain. Si tu veux nous partirons tout de suite. Les deux fils aînés de Mina vont nous conduire à Montréal et se relaieront au volant. Es-tu bientôt prête?

—Oui, dans un moment.

—Bon. Je t'attendrai en bas.

Elle sortit.

Thérèse ferma sa valise et alla baigner d'eau froide ses yeux rougis. Puis lentement elle descendit l'escalier afin de commencer ce voyage au terme duquel, comme toutes les *Pieta* de tous les coins du monde où règne la violence, elle recevrait le corps supplicié de son enfant.

# XXIII

Au moment de l'explosion, malgré les protestations de Donald, les gardes du corps avaient fait accélérer la limousine pour l'éloigner du danger au cas où des complices seraient dissimulés dans les environs. Il avait été étourdi par le choc et avait ressenti le picotement de la pluie d'éclats de verre qui lui avaient infligé des coupures à la main et à l'épaule. Avant que la voiture ne quitte les lieux, il avait eu le temps d'entrevoir des blessés étendus sur le trottoir, le sang qui se répandait lentement autour des corps. Une rage froide lui était montée au coeur.

—Ah, les lâches, se répétait-il.

Il aurait voulu les tenir, ces poltrons qui se cachent dans l'ombre, qui ne se soucient pas de verser le sang innocent, qui se font une gloire de l'assassinat. Au contraire des Gandhi et des Martin Luther King, ils ne sont pas prêts à payer de leur personne pour faire triompher leurs idées. Ce sont des gens pour qui les nobles idées sont une excuse pour assouvir leurs frustrations, leurs penchants vers la violence, et qui souvent, agissent par personnes interposées, convainquant des gens naïfs et influençables de leur servir d'hommes de main.

Dès que le médecin l'eut pansé il fit téléphoner pour avertir qu'il irait, comme prévu mais avec un léger retard, adresser la parole aux délégués du congrès international. Le lendemain, avant de quitter Montréal pour Ottawa où le premier ministre tenait à avoir un rapport de vive voix des événements, il se rendit aux hôpitaux visiter les blessés. Il y vit, entre autres, un ouvrier qui avait perdu un bras, une mère de quatre enfants qui avait une fracture du crâne en plus d'autres blessures, et une fillette qui avait été défigurée et rendue borgne.

Le premier téléphone après l'attentat avait été pour sa mère. Il se doutait bien qu'avec la transmission instantanée des nouvelles, et la fidélité avec laquelle elle suivait les moindres péripéties de sa carrière, elle avait été témoin des événements par le truchement de la télévision.

Deux jours plus tard il était à Toronto. Sa mère habitait un appartement qu'il lui avait fait aménager dans sa demeure. Elle adorait ses petits-enfants qui se retrouvaient fréquemment chez elle plutôt que chez leurs parents où, plus souvent qu'autrement, il n'y avait que des serviteurs.

Lorsqu'il frappa à sa porte, elle vint aussitôt ouvrir. Prenant dans ses mains le visage de son fils, elle l'examina attentivement avant de l'embrasser.

—Tu ne peux pas savoir comme j'ai eu peur. Tu étais très près de l'explosion. Et tes blessures? s'enquit-elle en touchant au pansement qui recouvrait sa main.

—Des égratignures, maman. Isidore, mon chauffeur, s'en est tiré plus mal que moi. Il en a reçu dans le visage, mais malgré le sang qui l'aveuglait à demi, il m'a conduit en lieu sûr. Heureusement, il paraît qu'on pourra lui sauver l'oeil.

—Au moins, le criminel qui en est responsable est mort, dit-elle avec satisfaction. C'est tout ce qu'il méritait.

Donald n'eut pas le coeur de lui dire que ce criminel était le petit-fils de son vieil ami, Wilfrid Lamontagne, le marchand général de Val-d'Argent qui leur avait rendu tant de services durant les dures années de la crise économique.

—Viens, dit sa mère, j'ai préparé le thé.

Elle se rendit à la cuisine et revint bientôt portant un plateau sur lequel étaient disposées une théière, des tasses, et une assiette de gâteaux aux graines de carvi. Donald en prit un et y mordit à pleines dents.

—Tu me gâtes, maman. Tu me fais toujours mes gâteaux favoris.

—Je n'en ai pas si souvent l'occasion, dit-elle, tandis qu'un sourire heureux éclairait son visage amenuisé et ridé par l'âge mais où les yeux bleu-gris étaient demeurés vifs et limpides. J'espère que tu n'auras pas à retourner au Québec.

Donald se reprit un autre gâteau.

—Pas tout de suite, en tout cas. Le premier ministre est très content de la façon dont je me suis conduit. Il a tenu à avoir un rapport personnel des événements et il m'a félicité. Sais-tu ce qu'il m'a dit? Je vais diriger la délégation du Canada à la très importante Conférence internationale de Lagos. Il devait s'y rendre personnellement, mais c'est moi qui irai.

—Tu es content?

—Ah oui, maman. Il est bien connu que le premier ministre démissionnera avant les prochaines élections. Ça ne peut que mousser mes chances au congrès de la chefferie. C'est presque une consécration.

Rose lui versa de nouveau du thé.

—J'ai toujours su qu'un jour tu serais premier ministre, dit-elle avec ferveur. Quand pars-tu?

—Ce n'est pas pour tout de suite. La Conférence se tiendra le printemps prochain, fin avril. Je partirai un peu plus tôt car j'en profiterai pour faire une tournée dans trois des pays francophones d'Afrique: le Sénégal, le Mali et la Côte d'Ivoire.

Du coup Rose posa sa tasse sur la table.

—La Côte d'Ivoire? Tu te rends à Abidjan?

—Oui.

Rose joignit les mains. Ses yeux brillaient.

—C'est là qu'habite le Père Alexandre Sellier, tu sais celui qui nous a sauvé la vie lors du feu de 1916. Il faut que tu ailles le remercier en personne. Je veux qu'il te connaisse.

—Je ne sais pas si j'aurai le temps, maman. Tu sais, ce n'est pas moi qui établis le programme.

Mais sa mère n'en démordait pas.

—Écoute-moi bien, mon chéri. Je te l'ai raconté bien des fois. Alors que j'étais enceinte de deux mois et demi, que ton père pouvait à peine marcher, que nous ne savions que faire, il est venu avec Joe Vendredi. Si nous sommes vivants aujourd'hui, toi et moi, c'est grâce à ces deux-là. Au lieu de se mettre en sécurité comme ils auraient pu facilement le faire, ils sont venus à notre secours. Même que Joe Vendredi en est mort. Toi, tu n'étais pas né. Tu ne peux pas savoir ce que c'est que d'être encerclé par un feu de forêt. Jamais je ne l'oublierai. J'en ai encore des cauchemars parfois.

Ses yeux se remplirent de larmes et elle se cacha le visage dans ses mains. Il se leva et vint s'agenouiller près de la chaise de sa mère. L'entourant de ses bras il la berça doucement comme une enfant.

—Je sais, maman.

Elle releva la tête et le regarda avec des yeux pleins de larmes.

—Je veux que tu me promettes que tu ne quitteras pas la Côte d'Ivoire sans l'avoir vu, et l'avoir remercié. Tu comprends?

—Ne pleure pas, maman. Je te le promets.

# XXIV

Dans la poussière rouge d'un matin africain, le Père Alexandre Sellier avait traversé en camionnette les vingt-cinq kilomètres qui le séparaient de Dougou, le bourg le plus proche.

En arrivant, il se rendit dans une boulangerie tenue par un émigré martiniquais afin de s'y procurer du pain. Il n'en avait plus depuis plusieurs jours et bien qu'après toutes ces années il se fût habitué à la nourriture africaine, il n'avait jamais pu apprendre à se passer de pain. Lorsque le propriétaire le vit entrer, il leva les mains au ciel de désolation.

—Je n'ai plus rien, Père. Tout vendu. Ce soir j'en aurai. Si je savais quand vous allez venir, je vous en garderais.

—Ça ne fait rien, Albert. Je vais probablement devoir revenir bientôt. Tu peux m'en garder pour, disons après-demain?

Un grand sourire fendit la figure sombre. «Pour sûr, Père. Je vous garde les plus beaux.»

Avec un soupir le Père Alexandre sortit et se rendit à la Poste. En ouvrant son casier, il aperçut une grande enveloppe aux armes du Canada. Tout heureux, il se dit que c'était probablement la réponse à la requête qu'il avait présentée afin de recevoir l'aide technique et financière nécessaire au forage d'un puits pour desservir le village voisin de sa mission de Kamara. En hâte il déchira l'enveloppe mais elle ne contenait qu'une carte d'invitation priant le Père Alexandre Sellier d'assister à un dîner en l'honneur de l'Honorable Donald Stewart, ministre des Relations internationales. Au bas on avait ajouté à la main

209

que le ministre avait demandé à le rencontrer personnellement.

Alexandre haussa les épaules. Il n'avait vraiment pas de chance aujourd'hui. Une invitation à dîner! Ils ne se doutaient de rien, ces gens-là. Est-ce que vraiment Son Excellence l'Ambassadeur du Canada croyait qu'il ferait six heures de route (dont au moins trois dans des pistes de brousse) pour assister à un dîner?

De retour à son presbytère de Kamara, il jeta le carton dans un tiroir où il rangeait la correspondance dont il s'occuperait lorsqu'il en aurait le temps. Pour le moment, il avait autre chose à faire. Déjà la file des patients s'allongeait devant la porte du dispensaire, attendant que le Père-infirmier vienne leur dispenser des soins. Tout en se dirigeant vers la maisonnette carrée qu'il avait construite pour abriter le dispensaire, il interrogeait le ciel. Pas le moindre nuage. Encore une fois la saison des pluies retardait. En attendant, l'harmattan soufflait, ce vent chaud chargé d'une poussière fine qui irritait les yeux et desséchait la gorge. Il en serait quitte pour traiter plusieurs cas d'inflammation des voies respiratoires.

Lorsqu'il revint chez lui à la fin de la matinée, il traversa la pièce qui lui servait à la fois de salle de séjour et de salle à manger et se dirigea vers sa chambre. Là, sans prendre le temps d'enlever sa blouse blanche, il se laissa tomber dans le fauteuil qui, avec le lit étroit, un bureau et une chaise, constituait tout le mobilier de la pièce. Une lassitude profonde l'accablait et il ferma les yeux. De nouveau il se mit à songer à ce que lui avait dit son ami, le docteur Larry Turner.

Un bruit de pas le tira de son demi-sommeil. Le visage rond et souriant de Nangbâ, la jeune femme qui venait trois fois par jour lui préparer ses repas, apparut dans l'embrasure de la porte.

—Le déjeuner est prêt, Père, dit-elle de sa voix chantante. Voulez-vous passer à table?

—Merci, Nangbâ, mais laisse les plats à la cuisine. Je me servirai moi-même. Je veux me reposer un peu avant de manger.

La jeune femme le regarda avec inquiétude mais déjà il avait refermé les yeux. Elle s'éloigna sur la pointe des pieds.

De nouveau il revint à la pensée qui l'obsédait, à la décision qu'il lui fallait prendre. L'épisode remontait à deux mois.

Ce soir-là, alors qu'il se préparait à se coucher, le fils de Palawa, le chef d'un village distant d'environ quinze kilomètres, était venu le prévenir que son père était au plus mal.

Pendant qu'il préparait sa trousse, Alexandre s'était dit qu'il devait vraiment être très malade pour le faire demander. Palawa était un musulman farouche et traditionaliste qui avait refusé qu'on bâtisse une école dans son village et qui repoussait toutes les idées nouvelles venant de l'extérieur, ne voulant pas qu'on change quoi que ce soit à la vie de ses gens.

Une fois sur place, il avait trouvé le chef se tordant de douleur sur sa natte, l'abdomen très distendu. Palawa s'était laissé transporter dans la camionnette du Père jusqu'à l'hôpital baptiste où le docteur Turner avait diagnostiqué une hernie étranglée.

—Il faut l'opérer tout de suite sinon il ne passera pas la nuit, avait dit Larry Turner. Madame Lang, l'infirmière, est ici, mais mon assistant est absent. Il va falloir que tu m'aides, Alex.

Une fois l'intervention commencée, le chirurgien s'était aperçu que le cas était beaucoup plus compliqué qu'il ne l'avait cru.

—Notre bonhomme a non seulement une hernie mais aussi une hydrocèle dans deux sacs différents au même endroit. C'est la première fois que je vois ça, avait-il grommelé.

Ils avaient travaillé pendant des heures. Deux fois l'électricité avait manqué, plongeant le bloc opératoire dans l'obscurité. À tâtons, avec un bout de chandelle, Alexandre avait dû aller changer les fusibles.

Au petit matin l'intervention était terminée et semblait avoir réussi. Comme le malade reposait paisiblement,

Larry avait envoyé l'infirmière se coucher et avait invité Alexandre à le suivre à la cuisine pour prendre le café. Le médecin avait mis l'eau à bouillir et s'était retourné pour aller prendre les tasses dans l'armoire. C'est alors qu'il avait aperçu Alexandre qui, appuyé sur la table, se frottait la poitrine, le visage crispé de douleur. Sur le moment, il n'avait rien dit, mais pendant qu'ils buvaient leur café, il avait observé son ami. Les cheveux avaient blanchi, les épaules se voûtaient légèrement, le visage d'une maigreur ascétique était d'une pâleur qui n'augurait rien de bon. Seuls les yeux sombres, intelligents et bons n'avaient pas changé.

Lorsqu'Alexandre s'était levé disant qu'il lui fallait rentrer, Larry l'avait arrêté tout net.

—Non, Alex. Tu vas te reposer ici quelques heures et après je t'ausculterai avant que tu t'en retournes. Depuis combien de temps ressens-tu ces douleurs à la poitrine?

—Ce n'est rien, Larry, un très léger malaise. Probablement quelque chose que je n'ai pas digéré.

—C'est ce que nous verrons, avait riposté le médecin.

Après l'examen, il l'avait grondé.

—Pourquoi n'es-tu pas venu plus tôt, Alex? Avec ton expérience d'infirmier tu devais bien te douter que c'était de l'angine. C'est plus grave que tu ne penses, tu sais, tellement grave que je crois le moment venu pour toi de songer à rentrer dans ton pays. Et le plus vite sera le mieux.

—Mais voyons, Larry...

Le médecin, d'un geste, avait coupé court aux objections qu'il sentait venir.

—Écoute-moi bien, Alex. Ton coeur est usé. Il a été très généreux, ce coeur, mais maintenant il n'en peut plus. Ce qu'il lui faut, c'est du repos. Il te faut des conditions de vie plus douces, un régime et des soins appropriés au cardiaque que tu es devenu.

—Je ferai attention...

Larry avait eu un geste d'impatience.

—Bon sang, Alex, tu oublies à qui tu parles. Je te connais depuis trop longtemps et je n'ignore rien de ta vie dans ce pays.

En effet, son amitié avec Larry Turner remontait à plus de trente ans, alors qu'il avait demandé à ses supérieurs de lui permettre de suivre un cours d'infirmier.

Après cinq années passées à Abidjan à titre de professeur au Petit Séminaire, il s'était porté volontaire lorsqu'on avait demandé un prêtre pour aller fonder la mission de Kamara dans une région de la Côte d'Ivoire où aucun autre missionnaire n'avait encore résidé. Aujourd'hui il pouvait sourire de l'enthousiasme naïf avec lequel il était arrivé à Kamara. Pendant quelques semaines il avait vécu dans une paillotte en attendant que soit terminé le presbytère rudimentaire qu'il s'était construit avec l'aide de villageois charitables mais peu habitués aux techniques de construction occidentales. Puis, il s'était mis à l'étude de la langue du pays, chose qui s'était révélée particulièrement difficile puisque les dialectes variaient de village en village. Dionakara, le vieil aveugle qui avait appris le français lorsqu'il était allé travailler dans les villes du sud durant sa jeunesse, venait chaque jour lui donner des leçons.

Il y avait cependant un problème qui primait tous les autres et qu'il ne pouvait laisser sans solution: contrairement à d'autres régions où se trouvaient des dispensaires ou des centres de santé, les gens de Kamara n'avaient accès à aucun service. L'hôpital le plus près se trouvait à une cinquantaine de kilomètres et rien n'avait été prévu pour y transporter les malades. Dès la première semaine, on était venu le réveiller pour lui dire qu'une personne du village voisin était très malade. Il avait accompagné le jeune messager, franchissant à pied, en pleine brousse, dans l'obscurité, les dix kilomètres qui le séparaient de ce lieu. Là, gisant sur une natte dans une hutte, il avait trouvé une jeune femme qui brûlait de fièvre. Que faire? Il avait apporté avec lui, à tout hasard, quelques comprimés analgésiques qu'il avait remis à la famille tout en leur expliquant la façon de les administrer. Quelques jours plus tard, elle mourait. Alexandre se l'était reproché. Aurait-il dû tenter de la transporter à l'hôpital? Aurait-elle pu supporter le voyage? Il regarda les deux petits orphelins qu'elle laissait et se dit qu'il ne le saurait jamais.

La procession des malades et des accidentés continuait. Avec une confiance touchante—et combien inutile, se disait-il amèrement—on lui amenait des gens souffrant de maladies respiratoires, des enfants mordus par des serpents, des lépreux, des gens atteints de paludisme, de charbon. Avec la vieille camionnette deux-chevaux qu'il avait obtenue de son évêque pour transporter les matériaux destinés à la construction de la chapelle et du presbytère, il avait tenté de transporter à l'hôpital ceux qui lui paraissaient le plus gravement atteints. Parfois le malade mourait en route; d'autres fois il se faisait dire que le patient n'avait rien qui puisse justifier son hospitalisation. Par contre, certains qui lui semblaient souffrir seulement d'un vilain rhume, expiraient quelques jours plus tard.

Le directeur de l'hôpital lui avait dit: «Ce qu'il vous faut à Kamara c'est un dispensaire où une personne qualifiée puisse donner les premiers soins et identifier, en connaissance de cause, les cas exigeant l'hospitalisation.»

Alexandre avait aussitôt commencé la construction d'un dispensaire tout en cherchant l'oiseau rare qui pourrait venir en prendre charge. Après des mois d'efforts inutiles où il n'avait récolté que de vagues promesses, il avait décidé d'aller lui-même suivre un cours d'infirmier afin d'être en mesure de secourir la population des quinze villages qui constituaient sa paroisse.

Il s'était rendu à Lyon où une Faculté de Médecine dotée d'un hôpital des plus modernes venait d'être construite avec l'aide de capitaux américains. Ses professeurs s'étaient montrés très compréhensifs: non seulement lui permettait-on de suivre un cours accéléré mais on l'autorisait à assister aux cours de médecine qu'il jugerait utiles. Il avait réussi les examens et était rentré à Kamara infirmier diplômé, donc ayant droit à l'aide du gouvernement et des organismes internationaux de santé pour l'obtention de matériel et de médicaments.

C'était durant son séjour à Lyon qu'il avait fait la connaissance de Larry Turner, jeune baptiste américain qui y était venu se perfectionner en chirurgie afin de devenir missionnaire médical dans les colonies françaises de l'Afrique occidentale. Le fait d'être tous deux nord-américains les avait rapprochés. Alexandre l'avait aidé à parfaire son français tandis que Larry lui inculquait la science médicale. Plusieurs années plus tard, Larry avait été envoyé à Dougou pour y fonder un hôpital. Les deux anciens condisciples s'étaient retrouvés avec plaisir. Alexandre était ravi d'avoir maintenant un hôpital plus près et avait pu apprécier l'habileté de Larry comme chirurgien. Même s'ils n'étaient pas de la même religion, ils collaboraient étroitement et leur amitié demeurait solide.

Sur le chemin du retour, Alexandre avait réfléchi aux paroles de Larry. Il se rendait bien compte que ses forces diminuaient. Maintenant que la fin approchait à plus ou moins brève échéance, il lui serait doux de revoir son pays. Il n'y était retourné qu'une seule fois, à la mort de son père, survenue après la guerre. Depuis, il avait été si occupé qu'il n'avait pas songé à demander de congé.

Brusquement, la nostalgie de revoir le pays de son enfance l'avait saisi. Il s'était figuré les rives verdoyantes du Saint-Laurent, la splendeur multicolore des forêts canadiennes à l'automne, les monts bleutés des cantons de l'Est, les torrents dévalant leurs pentes où se cachent les truites qu'on voit passer comme un éclair argenté dans leurs eaux limpides.

Maintenant assis dans son fauteuil, ces pensées revenaient l'assaillir. Pouvoir échapper à cette chaleur perpétuelle qui vous colle à la peau, qui ne lâche prise ni le jour ni la nuit. Par la fenêtre de sa chambre, il promena ses yeux fatigués sur le paysage desséché. Il n'avait pas encore plu et les gens, voyant baisser leur réserve de grain, interrogeaient le ciel incandescent pour voir s'il ne recélait pas quelque nuage prometteur de pluie. Les arbres, parsemés par bouquets dans la savane, montraient un feuillage grisâtre, poussiéreux. Seuls les manguiers, cette bénédiction du Ciel à la terre brûlante d'Afrique, se découpaient en vert luxuriant et offraient leurs fruits dorés et succulents juste au moment où rien d'autre ne venait à fructification.

Il songea tout à coup que cette région du nord de la Côte d'Ivoire ressemblait par certains côtés au nord de l'Ontario: bien sûr ici le soleil implacable remplaçait le froid tout aussi implacable de là-bas, mais le résultat était le même. C'était un pays dur, aux récoltes incertaines, où en saison les pluies violentes creusaient des marigots qui coupaient les routes comme la neige là-bas et les grandes crues du printemps rendaient les déplacements difficiles.

D'évoquer cette région où il avait vécu les trois années les plus heureuses de sa jeunesse ramena le souvenir de Rose, celle qu'il avait aimée, et dont le souvenir l'avait réconforté au cours de son existence de solitaire. Heureusement que grâce à lui son mari et elle devaient maintenant vivre en Californie. Lorsque, providentiellement, cette lettre lui était parvenue contenant les certificats d'actions dans la mine qu'il avait découverte lors de son voyage de prospection avec le géologue américain Tom Clegson, il n'avait pas hésité un moment. Enfin il tenait le moyen de les aider, de réparer en partie les torts qu'il avait pu causer. La vente de ces actions avait dû leur apporter le moyen de réaliser le rêve qui avait obsédé Doug Stewart toute sa vie: aller vivre en Californie. Un horticulteur hors pair comme lui devait avoir bien réussi et Rose avait sans doute eu une vie plus douce et plus facile. Dès qu'il avait posté l'enveloppe, il s'était senti allégé d'un grand fardeau. Il n'avait jamais reçu de réponse mais il ne s'en étonnait pas car il avait quitté Abidjan pour Kamara juste à ce moment-là, puis Kamara pour Lyon.

«Bon, se dit-il en se levant péniblement de son fauteuil, mieux vaut aller manger les plats que Nangbâ m'a préparés et refaire mes forces. Ce n'est pas la besogne qui manque.»

La guérison du chef Palawa avait apporté un surcroît de besogne. Lorsqu'il était sorti de l'hôpital baptiste très bien remis, il était venu en procession avec ses villageois pour remercier le Père Sellier de lui avoir sauvé la vie et lui apporter des plats de riz, des pintades et des épis de maïs en témoignage de reconnaissance. Puis les calebasses de dolo, la bière indigène, avaient circulé, donnant le signal

216

de la fête. Au son des tams-tams et des balafons (sorte de xylophone) les danses s'étaient poursuivies jusque tard dans la nuit. Alexandre n'avait rien suggéré à Palawa, mais il était à peu près sûr qu'une requête pour une école ne tarderait pas à venir.

Le lendemain, même s'il avait peu dormi cette nuit-là, il lui avait fallu, aussitôt sa messe dite, se rendre au dispensaire où la file des patients était plus longue que d'habitude puisqu'il s'y trouvait, en plus des patients habituels, des gens du village de Palawa qui étaient restés pour consulter le sorcier blanc qui faisait des miracles.

Sans trop porter attention, Alexandre avala une portion de pasta garnie de rares morceaux de pintade que Nangbâ avait laissée au réchaud. Il regretta l'absence de pain mais se dit que demain il en aurait, prit un morceau de fromage et un fruit, but une tasse de thé et alla s'étendre sur son lit pour la sieste. Lorsqu'il se releva, il se dit que la besogne qui pressait le plus était la reconstruction du pont enjambant le fossé du chemin et donnant accès à la route conduisant à l'église et au presbytère. Il avait été emporté à la dernière saison des pluies. Durant la saison sèche, il était facile de franchir ses bords évasés, mais le premier orage important lui couperait l'accès à la route.

En se rendant à la remise pour y chercher ses outils il se souvint soudain que c'était aujourd'hui mercredi, jour où il devait se rendre à l'école de Mattéoli, une desserte de Kamara, pour y donner le cours d'instruction religieuse. Il rebroussa chemin et monta dans la camionnette. Il avait bien failli oublier. Avec l'âge, il perdait la mémoire.

Il ne se souvint pas non plus que ce soir même avait lieu à Abidjan le dîner offert en l'honneur de l'honorable Donald Stewart, le ministre qui avait demandé à le rencontrer.

Il faisait nuit lorsqu'il revint de Mattéoli. Après le cours à l'école, il y avait eu réunion des catéchistes qui faisaient l'animation religieuse en son absence et servaient d'interprètes lorsqu'il venait dire la messe. Puis, après le repas du soir, se donnait le cours d'alphabétisation des adultes. Heureusement que maintenant l'un des catéchistes pouvait le remplacer dans cette tâche.

Aussitôt de retour au presbytère, il se coucha. Une lassitude extrême, cette lassitude qui ne le quittait plus guère, lui ferma les yeux, mais une fois endormi, le vieux cauchemar qui l'avait hanté à un moment de sa vie et qui revenait plus fréquemment dernièrement, l'étreignit de nouveau.

Il était couché sur la terre humide, serrant la main de Rose dans la sienne. Il entendait les sinistres craquements et les bruits d'explosion des grands conifères se tordant dans les flammes. Puis il levait les yeux et voyait une muraille de feu haute de dix mètres qui fonçait sur eux. Une chaleur insupportable l'envahissait et il sentait la morsure du feu dans sa chair. Il poussa un cri et s'éveilla.

Trempé de sueur et si oppressé qu'il n'arrivait plus à reprendre son souffle, il se leva et s'assit dans son fauteuil. Depuis quelque temps, presque chaque nuit, il lui fallait ainsi se lever et s'asseoir dans son fauteuil pour arriver à respirer. Larry avait raison. Son coeur était usé.

Il appuya la tête au dossier du fauteuil et se tourna vers la fenêtre soigneusement grillagée pour y chercher un peu de fraîcheur mais en vain. Pas le moindre souffle n'agitait la nuit chaude et étouffante. Tout près, le village dormait, mais au loin il voyait briller les feux de brousse. Combien de fois avait-il expliqué aux gens, et combien de fois les agents du gouvernement leur avaient-ils répété, qu'il ne fallait pas incendier la savane sous peine d'appauvrir le sol et de contribuer à la désertification croissante du Sahel? Ces feux détruisaient les jeunes pousses d'arbres dont les racines empêchent l'harmattan d'emporter la terre arable et conservent l'humidité. Mais pouvait-on les en blâmer? S'ils ne brûlaient pas ces grandes herbes sèches qui croissaient à hauteur d'homme, l'herbe verte ne pousserait pas et les troupeaux n'auraient rien à paître. Il aurait fallu remplacer cette herbe par des cultures fourragères mais comment faire sans autre instrument que la houe, sans irrigation et sans semences adaptées à la région?

Maintenant qu'il songeait sérieusement à quitter le pays, il se mit à établir le bilan de sa carrière missionnaire. Presque toute sa vie d'homme adulte s'était passée dans cette région. Avait-elle été profitable pour ses ouailles?

Il était venu pour leur apporter le message du Christ, pour témoigner de la charité chrétienne dans le vrai sens du mot, celui d'amour dans le Christ. En termes pratiques, cet apostolat lui était apparu non seulement dans l'évangélisation mais aussi dans l'aide apportée pour améliorer leurs conditions de vie. Il avait soigné les malades; il leur avait apporté l'éducation dont ils auraient besoin pour aider leur pays, récemment devenu indépendant, à prendre la place qui lui revenait parmi les nations de la terre. Parfois il avait réussi. Souvent il s'était heurté à cette résistance au changement qui est le propre de tout être humain.

Du côté des actifs, il y avait d'abord le dispensaire. Les gens de la région n'ayant jamais eu accès aux médicaments modernes, réagissaient rapidement à la moindre dose. Ils arrivaient parfois complètement anémiés, secoués par le paludisme, rongés par les vers intestinaux. Avec des vermifuges, de la quinine et des vitamines, il les voyait se rétablir rapidement.

Jamais il n'oublierait l'accidenté qu'on lui avait amené peu de temps après son retour de Lyon. C'était arrivé lors d'une battue. Surtout lorsque la saison sèche faisait baisser les vivres, les villageois avait l'habitude d'organiser des battues nocturnes pour chasser les agoutis, écureuils et autres petits mammifères afin d'enrichir leur maigre subsistance. Chacun portant à la main un flambeau allumé, ils formaient un grand cercle qui, allant se rétrécissant, rabattait vers le centre le gibier affolé qu'on tuait alors à coups de bâton.

Ce soir-là, au centre du cercle, s'était trouvée une panthère. Elle avait bondi sur l'un des chasseurs, lui déchirant la tête, la poitrine et les bras de façon affreuse avant d'être chassée par ses compagnons. Lorsqu'on l'avait amené au dispensaire, Alexandre avait désinfecté et pansé ses plaies, arrêté l'hémorragie fatale, replacé les chairs meurtries et administré un vaccin anti-tétanique avant de le transporter à l'hôpital où le chirurgien avait achevé le travail. Le blessé s'était remis parfaitement et Alexandre y avait vu la preuve tangible que ses études d'infirmier n'avaient pas été vaines.

Autre réalisation, les sept écoles qu'il avait fondées et qui permettaient aux enfants des campagnes et villages environnants d'avoir accès à l'éducation primaire. Évidemment, une fois adultes, beaucoup émigraient vers les villes plus modernes du sud plutôt que d'aider au développement de leur région, mais au sud comme au nord, ils constituaient un ferment dans la société ivoirienne.

En agriculture également, avec l'aide du gouvernement et des organismes des Nations-Unies, il avait pu augmenter la culture du riz qui poussait bien en saison des pluies dans les rizières creusées par le tracteur dont il avait obtenu l'usage. S'il n'avait pu persuader les gens de remplacer les manches courts de leurs houes, source de tant de maux de dos, par des manches plus longs qui leur permettraient de se redresser l'échine, en revanche, il avait enrichi leur alimentation.

Il y avait un secteur où il avait échoué lamentablement: l'amélioration de la condition féminine. Qu'elle était dure la vie des femmes africaines! Chaque jour elles devaient aller quérir l'eau nécessaire à la famille, marcher des kilomètres afin de ramasser du bois sec pour cuire les aliments, et surtout moudre le grain, à force de bras, avec pilon et mortier, pour obtenir la farine dont elles prépareraient le foutou, bouillie de céréales qui constitue la base de l'alimentation. Il leur fallait également cueillir les arachides, les plantes et les feuilles nécessaires à la préparation de la sauce épicée qui accompagne ce plat.

Oh, ce bruit du pilon dans le tronc d'arbre évidé que l'on entendait sans cesse! Souvent enceintes, le dernier-né retenu sur leur dos par un pagne, elles passaient des heures à moudre le grain. Même que l'on empêchait les fillettes d'aller à l'école afin qu'elles puissent aider leur mère dans ce travail éreintant. Avec son esprit pratique de nord-américain, il se disait qu'il était dommage de dépenser tant d'énergie à accomplir une tâche qui se ferait en un rien de temps mécaniquement. Il avait bien essayé, mais la difficulté de se procurer les pièces de rechange pour le moteur de la meunerie ainsi que le coût du carburant avaient rendu peu pratique cette entreprise.

Et surtout, il y avait cette pratique cruelle et néfaste de l'excision des femmes. Il avait été épouvanté à ses débuts lorsqu'il avait vu cette procession de fillettes entre cinq et sept ans qu'on lui amenait mutilées, en proie à des infections graves qui leur laissaient des séquelles et des malformations des organes sexuels qui rendraient l'accouchement difficile plus tard. Il avait fait appel aux autorités, aux médecins, mais sans succès. Il se rappelait une discussion qu'il avait eue à ce sujet avec le docteur Koubaly, le directeur de l'hôpital du gouvernement.

—Mais, enfin, Monsieur le Directeur, avait protesté Alexandre, vous qui êtes diplômé des hôpitaux de Paris, comment pouvez-vous tolérer une chose pareille?

—Je ne l'encourage pas mais il est hors de mon pouvoir de la faire cesser. C'est là une coutume ancestrale, une tradition, un rite, une affaire de femmes...

—Toute tradition n'est pas bonne à garder, avait-il riposté. Tous les peuples, au cours de leur développement, ont eu à se débarrasser de ces scories. Sinon l'infâme confrérie des *comprachicos* parcourrait toujours l'Europe cherchant à acheter des enfants afin de les modifier chirurgicalement pour en faire soit des mendiants propres à attirer la pitié, soit des monstres pour amuser les riches, soit des eunuques pour alimenter les chorales du Vatican et les harems du Moyen-Orient. Les Hindous pratiqueraient toujours le *suttee*, brûlant les veuves sur le bûcher funéraire de leur mari, les Chinois banderaient les pieds des fillettes pour les empêcher de grandir, et les Indiens de la région de Liard, au nord-ouest du Canada, amputeraient le nez de leurs épouses pour les punir de leurs fredaines.

Le médecin avait haussé les épaules et Alexandre avait senti la distance qui s'était établie entre eux, l'excluant lui, le Blanc, l'étranger, qui se permettait de critiquer leur façon de vivre.

Le vieux missionnaire soupira. Peut-être n'avait-il plus sa place ici. Désormais les Africains eux-mêmes devraient accomplir le travail. Il se constituait une élite de plus en plus nombreuse. Il fallait espérer que parmi eux se trouveraient les chefs sages et clairvoyants qui guideraient leur peuple vers un développement harmonieux tout en conservant le meilleur de leurs traditions ancestrales.

Quant à lui, son travail était terminé. Si la mort le surprenait, il leur faudrait bien assurer la continuation du dispensaire et des écoles, même s'il n'était plus là. Non, c'était décidé. Il rentrerait finir ses jours dans sa patrie. Il accomplirait ce pèlerinage auquel il avait déjà songé: il retournerait en Ontario-nord. Il savait où François-Xavier, son aîné, avait trouvé la mort. Comment, en effet, pourrait-il jamais l'oublier? Il irait prier sur les lieux où reposaient ses cendres. Dans la fraîcheur du matin, son canot glisserait sur les flots calmes et sombres de la rivière Glashini, tandis que la forêt retentirait du chant des oiseaux. Peut-être verrait-il l'orignal majestueux broutant les herbes aquatiques des rives, ou le chevreuil nerveux s'abreuver aux eaux de la rivière.

Sur cette agréable pensée, il s'endormit paisiblement dans son fauteuil malgré les bruits de la nuit africaine remplie du hurlement des chiens, du bêlement des cabris et des moutons, du battement des grandes ailes des chauves-souris vampires à tête de chien.

# XXV

Le dîner en l'honneur du ministre des Relations Internationales venait de prendre fin. Les invités circulaient dans les salons et dans les magnifiques jardins de la résidence de l'ambassadeur du Canada au quartier de Cocody, surplombant la baie, non loin du somptueux Hôtel Ivoire construit tout récemment.

Donald, qui s'entretenait avec un ministre du cabinet ivoirien, vit l'ambassadeur se diriger vers un cabinet particulier dont la porte discrète ouvrait au fond de la pièce. Il s'excusa auprès de son interlocuteur et rejoignit son hôte.

—Le Père Sellier est-il ici ce soir? J'ai déjà rencontré quelques prêtres canadiens mais il n'était pas parmi eux. Vous l'avez invité, j'espère.

—Mais oui, Monsieur le Ministre. Nous avons même ajouté un mot disant que vous désiriez le rencontrer personnellement.

—Y a-t-il eu une réponse?

—Aucune, Monsieur le Ministre.

—J'espère qu'il n'est pas souffrant. C'est embêtant. Le Père est un ami de ma famille et j'ai promis à ma mère que je ne quitterais pas la Côte d'Ivoire sans l'avoir vu. Où habite-t-il?

—À Kamara, un village de brousse tout là-bas dans le nord.

—Combien de temps faut-il pour s'y rendre?

—Au moins six heures car les routes sont mauvaises.

—Bon. J'irai demain matin.

L'ambassadeur le regarda avec effarement. «Vous n'y songez pas, Monsieur le Ministre. Demain vous déjeunez avec un groupe de coopérants canadiens...»

—Vous annulerez.

—Et demain soir c'est le banquet officiel du chef d'État. Vous ne pouvez pas annuler ça. Le lendemain il vous faut partir tôt car vous êtes attendu à Lagos pour l'ouverture de la conférence internationale.

Donald consulta sa montre-bracelet.

—Je vois. Alors, dans une heure je prends congé de vos invités et je me retire dans mes appartements. Vous voudrez bien demander au chauffeur de préparer la voiture. Je partirai immédiatement pour Kamara. Ainsi, je pourrai passer quelques heures là-bas et être de retour à temps pour demain soir.

—Alors, je vous accompagnerai, Monsieur le Ministre.

—Non. Je vous remercie mais c'est là une visite à caractère tout à fait personnel. J'irai seul.

—Au moins, en plus du chauffeur, prenez aussi Léopold Diallo, un excellent employé ivoirien de l'ambassade. Il est originaire de cette région et connaît bien le pays.

—Soit. Dans une heure alors.

L'ambassadeur le regarda s'éloigner et soupira. Quelle folle équipée, ce voyage dans la brousse en pleine nuit! Le chauffeur était excellent mais les routes étaient mauvaises. S'il fallait que le premier membre du Cabinet (et celui que la rumeur publique désignait comme le successeur probable du Premier Ministre) à lui rendre visite au cours de son tout premier mandat soit victime d'un accident! Voilà qui n'aiderait pas sa carrière. L'air soucieux, il appela le vice-consul et lui demanda de faire préparer le voyage.

Deux heures plus tard, la limousine blanche filait sur la route déserte. Depuis qu'ils avaient dépassé les environs de la capitale, ils ne rencontraient que rarement d'autres véhicules. La lune à son zénith—directement au-dessus puisqu'on était si près de l'Équateur—éclairait un paysage où déjà la forêt tropicale s'éclaircissait et cédait la place peu à peu à la savane. De temps à autre, un village endormi ou, tout près du chemin, une stèle funéraire rompait la monotonie du paysage de hautes herbes et de futaies.

Donald regarda les aiguilles lumineuses de sa montre. Une heure et un quart. Il en avait pour au moins quatre bonnes heures à ce qu'on lui avait dit. Appuyant la tête au dossier moelleux, bercé par la conversation à voix basse entre le chauffeur et son compagnon sur la banquette avant, il s'endormit avec la facilité qui lui était coutumière.

\* \* \*

Alors que déjà la lueur qui précède l'aurore pâlissait le ciel, le Père Alexandre Sellier, endormi dans son fauteuil, fut la proie d'un rêve étrange.

Il se trouvait dans la forêt sombre et touffue du nord de l'Ontario et il avait enfin retrouvé François-Xavier. Il ne l'avait pas encore rejoint, mais il entendait ses pas dans les feuilles sèches et les brindilles du début de l'automne. À chaque détour du sentier il croyait l'apercevoir. Il tentait de hâter le pas mais il n'y parvenait pas car une lassitude étrange lui paralysait les jambes. Soudain le sentier prenait brusquement fin au bord d'une baie profonde. Un silence tombait sur la forêt. Il cherchait partout François-Xavier des yeux lorsque soudain il l'apercevait, étendu au fond des eaux limpides, les yeux grands ouverts.

—François-Xavier! appela-t-il.

La vision s'évanouit. Péniblement il releva la tête et ouvrit les yeux.

Il était dans sa chambre, assis dans son fauteuil près de la fenêtre. Et là, devant lui, en chair et en os, se tenait François-Xavier.

Il l'examina avec curiosité. Ses cheveux roux avaient pâli et grisonnés, mais les yeux sombres et le large sourire découvrant de fortes dents bien rangées étaient les mêmes.

La vision se mit à parler.

—Pardonnez-moi, Père Sellier, de vous visiter à cette heure indue, et surtout, d'avoir pénétré ainsi jusqu'à votre chambre. J'ai frappé mais il n'y avait pas de réponse. Je vous ai cru absent et j'en étais désolé car j'avais promis à ma mère de ne pas quitter le pays sans vous visiter.

Puis, voyant la confusion du vieillard, il ajouta:

—Je m'appelle Donald Stewart. J'espérais vous rencontrer au dîner de l'ambassade, mais puisque vous n'avez pu vous y rendre, j'ai décidé de venir moi-même, et c'est malheureusement le seul temps dont je dispose.

Alexandre chercha dans sa mémoire. Donald Stewart? Où donc avait-il vu ce nom? Il se souvint soudain de la carte d'invitation qu'il avait reçue il y avait déjà quelque temps.

—Ah, j'y suis. Vous êtes le ministre en l'honneur duquel se donnait le dîner?

—Oui, justement.

—Excusez-moi, Monsieur le Ministre, mais je suis un vieil homme et la route est longue d'ici Abidjan. Je vous en prie, asseyez-vous.

Il voulut se lever pour aller chercher une chaise mais le visiteur lui posa la main sur l'épaule.

—Ne vous dérangez pas, Père, j'y vais.

Il alla chercher une chaise de rotin dans la pièce voisine et vint s'installer en face du vieillard.

—Père Sellier, je suis le fils de Rose et de Douglas Stewart. C'est vous qui leur avez sauvé la vie lors de l'incendie de Matheson en 1916.

Le coeur d'Alexandre fit un bond dans sa poitrine. Mon Dieu, Rose avait un fils et il était là, devant lui.

Tout haut, il dit: «Vous savez, c'était surtout Joe Vendredi qui savait ce qu'il fallait faire. Votre mère a dû vous raconter...»

—Oh oui, bien des fois. Je sais que c'est vous qui avez amené Joe Vendredi et qui avez persuadé mes parents et les Marchessault de suivre ses ordres. Sans cela, personne n'aurait survécu.

Puis il se mit à raconter comment les deux familles avaient reconstruit leurs demeures après l'incendie, comment il avait grandi au bord de la rivière, dans cette petite paroisse qui s'appelait maintenant Val-d'Argent en l'honneur de son curé mort héroïquement pour n'avoir pas voulu abandonner ses paroissiens. Fasciné, Alexandre écoutait, tout son passé revivant dans ce récit que lui en faisait le fils de Rose.

—Je croyais que vos parents devaient déménager en Californie, dit-il enfin.

—C'était un vieux rêve de mon père, mais vous savez, j'ai grandi durant la dépression. Mon père n'a jamais eu assez d'argent pour déménager si loin.

—Est-ce qu'ils n'ont pas reçu les actions de la Colorado Gold Mine?

Donald sourit.

—Ma mère m'a raconté que vous leur aviez envoyé ces actions. Malheureusement, quand ils les ont reçues, la Colorado Gold Mine avait cessé d'exister. Elle vous a tenu infiniment gré d'avoir voulu les aider. Vous ne pouviez pas savoir. À partir de ce moment-là et jusqu'à sa mort, mon père n'a plus jamais mentionné la Californie.

—Votre père est décédé?

—Oui, il y a plus de dix ans.

Alexandre sentit ses remords se raviver. Ainsi, il n'avait même pas pu aider Rose de cette façon. Elle avait dû vivre sa vie dans ce dur pays, avec un mari infirme et un enfant à élever.

Nangbâ s'approcha de la porte.

—Voulez-vous votre petit déjeuner maintenant, Père?

—Oui, Nangbâ, et tu mettras un couvert de plus pour notre illustre visiteur. Il faudrait aussi s'occuper de vos gens, Monsieur le Ministre.

—Appelez-moi Donald, Père. Je ne suis pas ici en fonction officielle mais en visite d'amitié à titre de fils de Rose Stewart. Et puis, non, vous n'avez pas à vous préoccuper de mes gens. La voiture est retournée à la dernière petite ville pour y faire le plein. Ils ont ordre de venir me chercher à onze heures ce matin puisque je dois être de retour à Abidjan avant ce soir.

—Alors, prenons place à table. La chère ici est moins bonne qu'à l'ambassade mais je puis au moins vous garantir la fraîcheur des oeufs. Ils proviennent de mon poulailler.

Pendant qu'ils déjeunaient, Alexandre examinait le fils de Rose. La haute silhouette, les yeux sombres et le sourire avaient pu, dans le demi-jour, lui rappeler

227

François-Xavier. Dans la forme du visage, l'arcade sourcillière et le nez, il retrouvait le visage de Rose. Il en fut ému.

Après le repas, il fit faire au visiteur la tournée de l'église, de l'école et du dispensaire. Heureusement, aucun cas grave ne s'était présenté ce matin-là, aussi fut-il content de laisser l'aide-infirmière se débrouiller seule pendant qu'il retournait au presbytère avec Donald. L'heure du départ viendrait vite et il y avait tellement de choses qu'il voulait savoir de Rose, de sa vie, de la vie de cet enfant qui lui était venu.

À onze heures moins le quart exactement, la limousine blanche vint se ranger devant la porte.

—Dans quelques minutes il me faudra vous quitter, Père, dit Donald. J'ai l'impression que j'ai beaucoup parlé.

—J'ai été si heureux de vous connaître, et d'avoir des nouvelles de vos parents, ces chers amis de ma jeunesse.

—Moi aussi, Père, j'ai été heureux de vous connaître. Et je pourrai, à mon retour, parler de vous et de votre oeuvre à maman. Quand je songe à ce que vous avez fait pour eux lors de l'incendie, je sais que nous ne pourrons jamais nous acquitter de cette dette. Maman me répétait encore avant mon départ qu'elle se serait trouvée de deux mois et demi enceinte, avec mon père encore mal remis de l'accident dont il avait été victime au cours de l'hiver...

Il sembla à Alexandre que son coeur cessait de battre.

—Votre... votre mère était enceinte? balbutia-t-il.

—Vous ne le saviez pas? Mais oui puisque je suis né le 4 février suivant.

Les mains du vieillard se mirent à trembler. La tête appuyée au dossier, il ferma les yeux.

Donald se leva et lui prit la main.

—Vous trouvez-vous mal, Père? Je vais envoyer chercher un médecin.

—Non, articula-t-il péniblement. Ce n'est rien...un simple accès de paludisme. Donnez-moi seulement la bouteille de comprimés sur le bureau.

Pendant que Donald allait dans la cuisine chercher un verre de l'eau potable que le filtre distillait goutte à goutte et lui déposait un comprimé dans la main, une constatation martelait son cerveau douloureux: son fils! C'était son fils qui était là devant lui et il n'en avait jamais rien su. Comment avait-il pu être aussi égoïste alors? Tout absorbé par son problème, il n'était allé voir Rose à l'hôpital que pour lui annoncer son départ et ne lui avait donné aucune chance de parler. Il plaça le comprimé de nitro-glycerine sous sa langue et attendit que s'apaise la douleur qui lui broyait la poitrine.

—Vous allez venir avec moi à Abidjan pour consulter un médecin, disait Donald. Si nécessaire on vous fera évacuer vers le Canada.

Il secoua la tête. Comment pourrait-il rentrer au pays maintenant? Rose avait eu la force de le laisser partir sans lui dire les mots qui auraient changé son destin. Ce destin, il l'avait choisi librement, sans penser à autrui. Il lui fallait maintenant l'accomplir jusqu'au bout. Ses dernières forces, il les devait à son pays d'adoption.

La douleur s'éloignait peu à peu. Il ouvrit les yeux et fixa Donald.

—Ne vous inquiétez pas. Comme je vous l'ai dit, c'était un simple malaise comme j'en ai parfois. Je me fais traiter par un ami d'ici, un excellent médecin.

—Qu'est-ce que je vais dire à maman? Puis-je lui dire que vous allez rentrer au pays bientôt? Je crois qu'il serait sage que vous songiez à la retraite.

Alexandre regarda avec amour le visage de ce fils qu'il ne reverrait plus en ce monde.

—Non, Donald. Dites-lui seulement que tant que je vivrai, chaque jour, elle sera présente dans mes prières...

—...et dans mon coeur, acheva-t-il si bas que Donald se demanda s'il avait bien compris.

Lorsque, à son retour, il raconterait cette scène, il serait surpris de voir les beaux yeux bleu-gris de sa mère se remplir de larmes.

# XXVI

Depuis la visite inopinée de Donald Stewart, des émotions contradictoires s'agitaient dans le coeur du Père Alexandre Sellier. Il repassait dans sa mémoire tout ce que lui avait dit Donald. D'un côté, il se sentait plein de remords. Comment avait-il pu être aussi inconscient?

D'autre part, il ne pouvait s'empêcher d'être fier de ce fils qui avait si bien réussi et qui entourait sa mère d'autant d'affection filiale.

Maintenant qu'il avait pris la décision de continuer son travail tant que dureraient ses forces, une grande paix était entrée en lui. Il n'était plus divisé, incertain. La voie à suivre s'annonçait toute droite et il pouvait consacrer tout ce qui lui restait d'énergie à continuer l'oeuvre commencée.

Tel que prévu, le chef Palawa avait réclamé que l'on construise une école dans son village. Assis à son bureau, Alexandre préparait méthodiquement le dossier. Les gens de Palawa avaient déjà commencé à fabriquer les briques de boue séchée qui serviraient à la construction. Grâce à l'offrande personnelle si généreuse que Donald l'avait forcé à accepter, il pourrait maintenant se procurer du mortier pour lier les briques et du ciment pour recouvrir les murs de crépi. L'édifice y gagnerait en durée. Il leur enverrait Palanjou pour diriger les travaux et couler une bonne base en béton. Cet homme avait appris avec une rapidité étonnante et s'était révélé un constructeur hors pair.

Aussi, avec cet argent qui lui était tombé du ciel, il pouvait songer à changer sa vieille camionnette pour un modèle plus récent, et surtout mieux approprié au transport des malades puisqu'il demeurait l'ambulancier du coin.

Donald lui avait promis qu'il s'occuperait de l'obtention du puits. Les voies de la Providence sont insondables, songea-t-il.

Il leva les yeux vers la pendule. Déjà dix heures du soir, l'heure d'aller prendre du repos. Mieux valait obéir à Larry Turner, au moins en ceci.

Il venait de se mettre au lit lorsqu'on frappa à la porte. C'était Dominique, le catéchiste du village de Diémonga.

—Père, dit-il, c'est Mathilde, la femme de mon frère. Elle n'arrive pas à mettre son enfant au monde.

Alexandre se souvenait bien de Mathilde. Il y avait deux ans, elle avait failli mourir en donnant naissance à son premier enfant alors qu'elle-même avait à peine quinze ans. Il lui faudrait peut-être l'amener à Larry Turner.

—Bon, je viens, Dominique. Le temps de prendre ma trousse.

Pendant qu'il s'affairait à ses préparatifs, il se rappela qu'en plus, lorsque l'enfant ne venait pas, la croyance populaire voulait que ce soit parce que la mère avait été infidèle à son mari et que l'enfant ne naîtrait pas tant qu'elle ne révélerait pas le nom de son amant. On devait déjà l'exhorter à avouer.

Rien qu'à y penser il sentit l'irritation le gagner. Il avait déjà fait de saintes colères à ce sujet. En surface, on faisait semblant de se ranger à son avis, mais il savait bien qu'au fond, on n'en pensait pas moins. Tout à coup la douleur familière vint lui étreindre la poitrine, plus forte qu'auparavant, irradiant jusqu'à sont bras gauche, faisant perler la sueur à son front. Il prit la bouteille de comprimés et en glissa un sous sa langue. Puis il s'assit dans son fauteuil et attendit.

Dominique, le visage soucieux, s'avança sur le seuil.

—Êtes-vous malade, Père? Vous êtes tout pâle.

—Mais non, ce n'est rien. Prends ma trousse et va m'attendre dans la camionnette. J'en ai pour deux minutes.

La tête appuyée au dossier, il ferma les yeux. L'étau tardait à se desserrer. Il attendit que la douleur diminue et que sa respiration revienne à la normale avant de se lever. Comme il ouvrait la porte pour sortir, il rencontra Dominique, inquiet, qui revenait.

—Vous êtes sûr, Père, que vous êtes assez bien pour venir jusqu'à Diémonga?

Alexandre mit la main sur l'épaule du jeune homme et s'y appuya pendant qu'ils se dirigeaient vers la camionnette.

—Mais oui, Dominique, allons-y. Et à la grâce de Dieu!

# REMERCIEMENTS

*Les Chroniques du Nouvel-Ontario* auraient difficilement vu le jour sans la générosité des gens de Val-Gagné, Timmins, North Bay, Sudbury, Matheson, Hearst et Lac Sainte-Thérèse qui, en répondant à mes questions, ont raffermi mes souvenirs d'enfance et partagé avec moi les leurs.

Je suis en dette également envers les personnes-ressources qui m'ont accueillie avec bienveillance et donné, sans lésiner, de leur temps et de leur savoir: monsieur Conrad Lavigne, le juge Alibert St-Aubin, le docteur Daniel P. Johnson, et le Père Thomas Boily qui m'a reçue dans sa mission du nord de la Côte-d'Ivoire et m'a permis de bénéficier de sa longue expérience de l'Afrique.

Enfin, à Paule Saint-Onge et Andrée Mennie, aux professeurs Réjean Robidoux et Yolande Grisé, ces amis de la première heure qui m'ont prodigué leurs conseils et soutenue de leur amitié, que puis-je dire sinon merci, merci de tout coeur.